爛柯

両吟集

別所真紀
Maki Bessho

佐久間鵠舟
Koshu Sakuma

幻戯書房

まえがき

斧の柄が朽ちるほどではないにしても、かの新型コロナウィルスに席捲されたほぼ四年間は、さまざまな制限によって長く鬱陶しいものでした。

俳諧連句の会『解纜』の水先案内人として小冊子を発行、月次会で研鑽していましたがそれも鎖された期間がありました。

俳諧連句は、山本健吉がいみじくも名付けたように『座の文学』です。私は『座』を共生空間とも呼びますが、幾人かの連衆が一座して即座即興に付け合い、歌仙なら三十六行のうちに森羅万象を詠みこみ、紙の上に架空の乾坤を打ち建てる特殊な文芸形式。（私は芭蕉の謂う乾坤をミクロ・コスモスとも言い換えています。）

その「座」が密な場であるため開催できなくなりました。『解纜』の会は「出入り自由」としていて、入るを拒まず、去るを追わず主義です。このとき、佐久間鵠舟さんは入会されたばかりで、経歴も連句経験のあるなしも聞かされないまま新人として迎えたのでした。

第二次大戦後、絶滅したかに見えた俳諧連句を、情熱をもって復興に力を尽くされた昭和の俳諧師、松濤軒清水瓢左師は「歌仙百巻巻いて漸く俳諧に目が開く」と著書に遺されています。ペンと紙と歳時記があれば誰でも入るに易しい文芸形式ですがマスターするとなると極めて奥深いのです。年齢上近く引退を考えていた私は、新入会員の鵠舟さんに早く連句をマスターして貰うべく、いわば演習として文音を始めたのでした。

その過程で、鵠舟さんが大変な読書家であり蔵書家であることがわかり、文音は半ば読書通信を兼ねることになりました。その蔵書がまた多種多様なジャンルに渉っていて、私は興味がありながら踏み入れなかった分野にも入ることが出来、何度書籍小包が往復したことでしょうか。

同じ読書による共感覚は、連句の付合の機微に通底しているように思われます。そのためか文音も日々のルーティンの如くになっていつの間にか四十五巻（未収録も三巻）。われながら驚きます。

文音両吟といえば、与謝蕪村と高井几董による師弟の『ももすもも』をまず思い浮かべます。几董の遺した蕪村書簡には「―略―我俳諧に遊ぶ事、凡五十有余年、―略―いまだ自得のはいかいをせず」とあり、几董の俳諧も熟したから両吟をしよう、と誘っています。このとき蕪村は六十五歳。夜半亭を受け継いで撰集も数かず上梓しており、俳諧宗匠としても絵師としても盛名高くあるにもかかわらず、いまだ自分で納得できる俳諧をしていない、と述べる志には粛然といたします。

ここにまとめた四十五巻も、自得への一歩一歩であるようです。

連句をマスターするには、とにかく場数を踏むこと。そして発句は俳句と違って以下の三十五行を率いるだけの力が要ります。上達にはやはりまず多作。そういうわけで二巻を除いて発句はすべて鵠舟さんの修練となっております。

正直に告白しますが、私の辞書はナポレオン風に言うと「几帳面」「整理整頓」「根気と努力」などの美徳が欠如しているらしく、鵠舟さんにはそれらがゴシックで入っているようで、その上ITスキル練達とあって、原稿清記、煩雑な版下作りに大いに助かりました。

広く他者に問うほどの作品ではないのですが、あの世界的パンデミックの時期のひとつのささやかなモニュメントとして一冊にまとめることにいたしました。

奇特にもお読み下さった方々の、忌憚ないご批評をとご叱声を頂ければありがたく存じます。

二〇二四年　晩夏

別所　真紀

目次

二〇二一年

装幀　真田幸治
装画　小村雪岱

両吟集

爛柯

ランカ【爛柯】〔述異記〕(斧(オノ)の柯(エ)が爛(クサ)る意。晋(シン)のきこり王質が、森の石室の中で童子らが打っている碁を見ているうちに、斧の柄が腐ってしまうほど時がたったという故事から)㈠囲碁に夢中になり、時間が過ぎるのを忘れること。㈡遊びにふけって時のたつのを忘れること。

(新潮国語辞典　現代語・古語　初版)

二〇二〇年

歌仙

「勿忘草」

両吟

勿忘草町騒杳く消えゆけり　鵠舟
　波くれなゐに染めて浮鯛　真紀
祝膳に春の香りの満ちるらん　舟
　あるじ秘蔵の古伊万里の猪口　紀
短か夜を友と惜しんで今朝の月　舟
　麦畑より颪の遁走　紀

ウ

タブローのゴッホの補色鮮やかに　舟
　装飾音符添える組曲　紀
恋を得てはつかに変はる妹の貌　舟
　かたみに通ふ夢と思ひし　紀
廃校にとり残されし萩揺れて　舟
　クロワッサンを買ふ日曜日　紀
ハロウィン仮装のアリスは猫を抱き　舟
　その橋渡れ振り向かないで　紀
船宿の釣り師戻らず思案顔　舟
　「なんくるないさ」と島のおばあは　紀
倖せの余韻のやうに帰り花　舟
　家路はるかに星の入東風　紀

有心連歌からより広い自由な創造を目指した無心連歌（俳諧之連歌）は、雅から俗へ、ハレのものからケへ、貴族階級から庶民へと変革してゆき、形式も百韻から歌仙を主体とするようになった。芭蕉は「歌仙は三十六歩也、一歩も退くことなし」と教えている。複雑に思える式目はそのための道標であって、式目に順って付合をすれば確かに変化のある一巻のミクロ・コスモスが出来あがる。

上記の巻は、初折裏と二の折表

ナオ
少年は始祖鳥の骨掘りあてし　紀
　地下鉄音に身を固くして　舟
スナイパー銃身熱く陽を弾き　紀
　ミニシアターも鎖されし夏　舟
河童忌の手をねんごろに洗ひをり　紀
　分身の君に出遭ひし不思議　舟
たましひの欠片をひとつ下さいな　紀
　操られつつ浄瑠璃の里　舟
史に刻む栄華よ紺地金泥経　紀
　三五の月は時空を超えて　舟
ちちろ虫ち・ち・は・はと鳴く屋台裏　紀
　椎の実齧る木鼠も現れ　舟

ナウ
旅鞄七つ道具を詰め込んで　紀
　封鎖列車伯林通過　舟
去年今年しづかに醸す麺麹酵母　紀
　円周率をレシピノートに　舟
花咲いて雲の遊行の果知れず　紀
　海市の城へ漕ぎ出だす舟　執筆

令和二年四月五日　首
令和二年四月二十三日　尾
於　文音

の月を短句、初折花の座に冬の正花を入れて少し新味を加えたつもりである。

ながれの岸のひともとは、
み空のいろのみづあさぎ、
波、ことごとく、くちづけし
はた、ことごとく、わすれゆく

発句を見たとたん、四分の三世紀以上も昔にそらんじていた詩がすらすらと出てくるから不思議。

連句初学の師林空花先生は、一巻の中に興趣の盛り上るところ、俗に謂う山場が必要と教えられた。

この間では名残表の「少年」から「河童忌」までの辺りが山場と言えたように思う。（紀）

ソネット

「蛙の子」

平坦韻　両吟

令和二年四月二十五日　首
令和二年五月二日　尾
於　文音

蛙の子玻璃越しに見る男の子　鵠舟
　繭となる身を知らぬお蚕　真紀
花明り夜に抱かれて見つめつつ　舟
　明日待つこころ新しき靴　紀

はつなつのブラウス青き風の色　舟
　白鷺の舞無伴奏チェロ　紀
カザルスのキャロル届かずカタロニア　舟
　蔦の館の開かないドア　紀

指させばその指に似て二日月　紀
　さても酔ひしか古酒の利き　舟
ざんねんな生き物図鑑広げをり　紀

　捨てし記憶のふと甦り　舟
しんしんと雪積むばかり舎利の塔　紀
　閑かさまさる淡き寒燈　舟

　各務支考の『笈日記』、元禄七年十月十日の項に、夜更けて弟子たちが芭蕉の枕の左右に侍り、此後の俳諧は、と問うと「されば、此道の吾に出でて後三十余年にして百変百化す」と答えた芭蕉はその二日後に命終となる。三十年後のことはさて措き、三百有余年後の百変百化のひとつが上記「ソネット」形式である。

　戦前に寺田寅彦の試みはあるが現代では一九七〇年前後に、珍田弥一郎氏（詩人、獨協大教授）の創案による。更に日本語では難かしい脚韻という遊びを導入されたのは鈴木漠氏（詩人、俳諧師）。平坦韻・抱擁韻・交差韻と脚韻の変化がある。　（紀）

ソネット

「ルソーの画架」

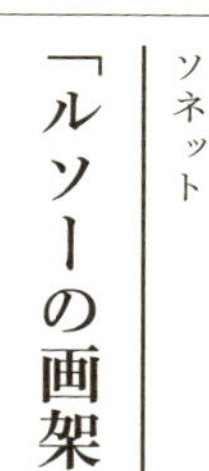

抱擁韻　両吟

令和二年五月五日　首
令和二年五月十一日　尾
於　文音

羊歯若葉ルソーの画架に獅子眠る　鵲舟
白き鎧戸かよふ薫風　真紀
誰がために弾く子守唄君に問ふ　舟
針の目の猫うっとりと昼　紀

尋ねものたゆたふ月は井戸の中　舟
ほのかに翳る桃の子午線　紀
秋成忌縁に香る菊二本　舟
魂魄となり千里駆けしか　紀

紅紐を形見に溶けし雪をんな　紀
炭焼く煙けふも靡きて　舟
地酒酌む山菜パスタはアルデンテ　紀

春の泊りに舟舫う綱　舟
亜麻色の幼年連禱花の島　紀
バロックの窓蝶のたはむれ　舟

ルソーに密林に眠る獅子の絵の在ることを夢想、アトリエの鎧戸からは初夏の風、すると現実と幻想が一緒になって生まれた牧歌的な光景はなぜか不安定に見える。

第二聯では、井戸の中の月、桃の子午線という言葉から一転上田秋成の雨月物語の世界へ、魂魄の飛び交う彼方へと移る。

第三聯には雪女の人間世界との別れという昔語りのある山里と移住者が持込む、新しいライフスタイルの共存が描かれる。

第四聯、春の港風景、祈りと共に子供聖歌隊の声が聴こえる島の教会、その窓辺には蝶が群れ舞う。第四聯はそれぞれ奇譚を伝える譚詩を構成している。

（舟）

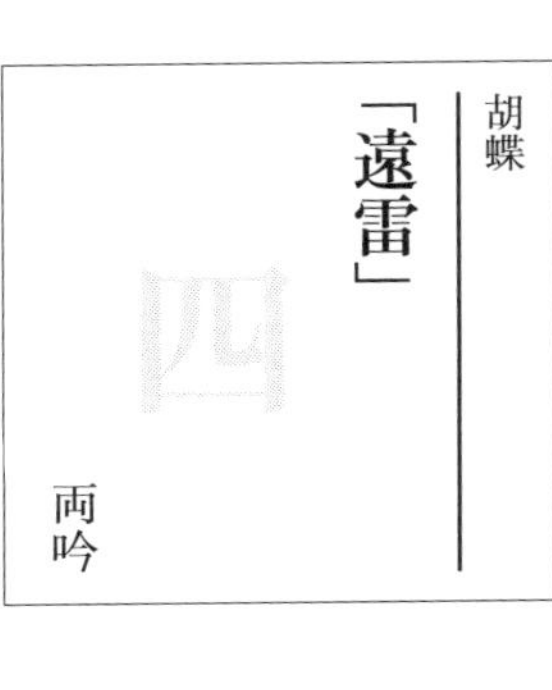

胡蝶「遠雷」　両吟

遠雷の街に潜める憂ひ（コロナ・パンデミック）あり　　鵠舟
　朱夏の渚に寄する高波　　真紀
国境ヒ道化一座の泣き笑ひ　　舟
　少年いつも鳴らす口琴（ハーモニカ）　　紀
しらじらと月に凍れる石廊に　　舟
　ありやなしやに綿虫の飛ぶ　　紀
主（ナカ）待ち片目を開けしかまど猫　　舟
　八犬伝を抜きおく卓　　紀
寺町は杉の香りに包まれて　　舟
　異国のバーに流行る日本酒　　紀
肩寄せてシーロムの道*初つばめ　　舟
　そのひとときの連翹の黄よ　　紀

「胡蝶」は、林空花師こと林富士馬先生（詩人・評論家）の創案による。『源氏物語』二十四帖の名をゆかりとし、懐紙一折を四ッ折にして使うものである。

林先生は当時『文學界』の同人雑誌評を長く担当していらして、連衆に作家や編集者が多かった。皆時間に余裕がないので短くしたとおっしゃっていたが、オモテ、ナカ、ウラという方法は古来連句にはない、と非難する方々がいらした。後年、『其角全集』に「伊予の湯桁」なる巻をみつけ、ナカが使われているのを知って早く読んでいれば、と残念だった。

ナカの、「異国のバーに流行る

蛇出でてもっとも飢えのきらきらす　紀
和華蘭蒐めよしっぽく料理　舟
湾に入る船へんぽんと大漁旗　紀
強き眼差し父に負けじと　舟
クレッセント通り五番地銃器店　紀
灯火親しむミステリー劇　舟
ウラ
ひと恋うて残る蛍でありにけり　紀
珈琲豆を挽くそぞろ寒　舟
カイロスの神のうしろの髪掴む　紀
験あらたかに空晴れ晴れと　舟
花の京十便十宜図夜半亭　紀
朝寝の夢に聴くささめごと　舟

令和二年五月十二日　首
令和二年五月二十二日　尾
於　文音

日本酒」に、タイ赴任の経験ある鵠舟さんはホテルのバーテンダーの実家のある田舎へ行った時のことを、小説風に書いて送ってきて面白かったので小説書けば?と言ったものだった。いつか書きます、と。その後どうなったのか?

ナカの月の座「クレッセント通り」はロンドンに在るらしい。アガサ・クリスティのポワロ物に詳しい描写がある。（紀）

＊「シーロムの道」
バンコクの繁華街にあり、大手銀行の本店等が軒を連ねている。その名、シーはタイ語で「色」、ロムは「風」と言う意味なので、「風色」と思い込んでいたが、実は「風力式精米所」の事だと言う。

二十八宿

「青嵐」

両吟

悒悒（ゆうゆう）の街吹き抜けよ青嵐　鵠舟
　百合の奥より午後の管楽　真紀
茅潜雲母（かやくぐりきらら）の川の瀬を踏んで　舟
　襯衣（シャツ）を帆にして飛ばす自転車　紀
ダンサーはムーンウォーク鮮やかに　舟
　楽屋にいつも匂ふ焼栗　紀

ウ

合歓黄葉さざめく庭を旅立ちて　舟
　鞍馬火祭のちの淋しさ　紀
暗がりのふたり横顔パパラッチ　舟
　半旗垂れたる英領事館　紀
玉櫛笥くがねしろがね何せむに　舟
　母とむすめの和す早春賦　紀
ゆかりある花咲く宿に仮寝して　舟
　わらび楤の芽里の旨酒　紀

「二十八宿」は二十八星宿のことで、古代の星学によると『俳諧之辞典』にある。

新型コロナウィルスの初期で、街はまるで戒厳令下のようだった。浅草寺門前仲見世通が皆扉を鎖して人っ子ひとりいない風景をテレビで見た時は驚いた。

発句はその情景を詠んだもの。

本歌取りの多い一巻であるが、本

ナオ

うららかに柱時計の螺子ゆるび　紀
機巧(からくり)御籤(みくじ)けふ出るは吉　舟
呼び戻す鏡の裏のオルフェを　紀
空(くう)に架かりし夢の浮橋　舟
藻塩焼く煙も絶えて霜の月　紀
ひともじ一把味噌・鍋も借り　舟
なつかしきひとを数へて古日記　紀
彼方此方(あなたこなた)へ散りし消息　舟

ナウ

放浪の果てラマ僧となりしとか　紀
インク壺から享けた人生　舟
犬の眸に深き奈落を見しことも　紀
路地裏の道抜けて陽だまり　舟
億年の花封じたり玄武岩　紀
蝌蚪の紐見ゆ水ぬるむ池　執筆

令和二年五月二十三日　首
令和二年六月五日　尾
於　文音

歌取りは単に古歌の一部を借りるというだけではなく、その時代風景をバックヤードに率いてくるから内容が時空を超えて広がって豊かなものになる。マイケル・ジャクソンが音楽とダンスと映画を率いて登場すればダイアナ妃の悲劇が甦り、山上憶良の万葉の頃にも変らぬ家庭への情愛に想いを馳せ、「オルフェ」のジャン・マレェに憧れたのは若い日の私。決して美男とは言えない定家卿はしかし流麗斬新な歌で魅惑してくれる。河口慧海の影もよぎるような虚の世界に遊んで、実は路地奥で山菜や葱の鍋にせめて旨酒を、という人生。面白く出来たと思う。（紀）

青時雨蕩児帰郷の昼しづか　真紀
香り仄かに石斛の花　鵠舟
抽斗に古代の海を蔵しゐて　紀
黄ばむポスター風に危ふき　舟
空倉庫月光ばかり満たしたる　紀
勝ち相撲にも聞けぬ喝采　舟

ウ

独酌に小粒なれども衣被　紀
アニメ聖地の巡礼の旅　舟
五十個のカリヨンが鳴るユトレヒト　紀
蘭語通詞と麗人の恋　舟
翼ある馬あらまほし君待てば　紀
波濤越え来しあはれ凍蝶　舟
繊き月いま裸木の梢（うれ）の尖　紀
歴史たどれば軍靴響いて　舟
アルバムに兵たりし日の若き兄　紀
撮影所裏夢は微かに　舟
一村復（また）一村續く花の土堤　紀
春の虹追ふ幼ナらの声　舟

この一巻は順番を交替した。よく覚えていないのであるが（四年

ナオ
たまさかの独り暮らしの朝寝よし　舟
アールグレイをねんごろに淹れ　紀
切絵図に今を重ねて徒歩(かち)あるき　舟
「冥途の飛脚」かかる歌舞伎座　紀
封印を切って心も解き放ち　舟
野を駆けてくる夕立の脚　紀
屋根のネコ鳥も追はずに夏旺(さか)ん　舟
統領(ボス)を誰にと侃々諤々　紀
デルフォイの神託のごと医師は告ぐ　舟
かそけき音に竜胆の鈴　紀
家籠り名残の月の桂川　舟
向う岸へと漕ぐよ稲舟　紀
ナウ
酒旗めざし足かろがろと兄おとと　舟
魚貝のパスタ取り分けてゐる　紀
埋火のごとき老爺の笑ひ皺　舟
奈良の銘墨磨る初硯　紀
みをつくし花を主にめぐる縁　舟
野のみほとけは草のおぼろに　紀

令和二年六月十一日　首
令和二年六月二十九日　尾
於　文音

前なのだ！）、初折の折端と名残折の折立の時、付句を六句作らなくてはならない。

　付句は必ず三句ずつ、と最初に申し合わせている。折端の三句はいいとして、次は自分の句を選んでまた三句、というのが難しい。

　鵠舟さんにもその難しさを体験して貰おうと交替してみた気がする。無事クリアされた。

　オモテ六句目「勝ち相撲にも聞けぬ喝采」は、無観客での夏場所の景、相撲のみならず野球もフットボールもその他も無観客、もしくは休止の夏であった。

　全体に何とはなく危機感が漂っている感じの一巻である。（紀）

短歌行

「蛍かご」

両吟

たまゆらのひとの遊びや蛍かご　鵜舟
　耳に涼しき堰の水音　真紀
隠れ湯に猿の親子が寄り添ひて　舟
　打ち差しの碁をそのままの卓　紀

ウ

友からは本の小包み昼の月　舟
　茸のパイの少し焦げたる　紀
古カフェの胡桃板床秋深し　舟
　威風堂々鼓笛隊ゆく　紀
あまづたふ雲のはたてにわが恋は　舟
　俤見しはうたかたの夢　紀
繪尽しもかく競ふかと花衣　舟
　弥生畢ると云ふてまた酔ふ　紀

「連句協会」がまだ連句懇話会であった頃、故大岡信氏が総会の講演にいらしたことがあった。たしか会場は増上寺講堂だったと覚えている。連句の知名度が無いに等しかった情況の中、よくささやかな集まりにお出かけ下さったものと思うが、会の理事であった故松村武雄氏からその兄故北村太郎氏を通じての招請であったろう。

「歌仙は古今、新古今などを三十六行の一巻につづめたもの」という講演の一節が心に残っている。

芭蕉も「恋句大切」と教えているのは、代々の勅撰集の恋歌に倣

ナオ
種浸す明日あることを信じつつ　紀
　方舟に着くオリーブの枝　舟
その中のいちにんカインの裔ならむ　紀
仮初めの幸捨て家を出る　舟
不惑すぎ四ヶ国語をあざやかに　紀
　思ひ届かぬ切れ者に罠　舟
志てふさびしきものよ月冴ゆる　紀
　アンデパンダン霰打つビラ　舟

ナウ
何を抱くヴィーナスにもし腕あらば　紀
　ありのままにと羅漢像立つ　舟
花嵐放埒とあれ大八洲　紀
　覚めざらましを朝の囀　執筆

令和二年七月一日　首
令和二年七月十六日　尾
於　文音

ったものであろう。

　上記ウラ五句めは「眺めわびそれとはなしに物ぞ思ふ雲のはたての夕ぐれの空」（新古今集巻十二、左衛門督通光）の本歌取り。

　芭蕉と越人の両吟「深川の夜」にもこの歌の匂いは折り込まれていて、私はこの両吟の情緒纏綿（てんめん）たる美しさに魅かれて俳諧研究の道に覚束ない足を踏み入れたのではあった。

　越人のことを調べようと行った国文学資料館で『俳諧三河小町』を見つけたときの驚き。私の俳諧女性史も俳諧小説もそこから始まったのだった。　（紀）

短歌行

「猫自由」

両吟

朴散華にはかに天の虚ろかな　真紀
鳩鳴き交す朝のバルコン　鵠舟
旅ごころ未踏の国の地圖を買ひ　紀
出会ひ重ねる日々を願ひて　舟
月凍てて芝居のはねて近松忌　紀
さあ堕ちてみよ空ッ風の言ふ　舟
変身のゼウスと知らずしてレダは　紀
千年比丘尼生きる哀しみ　舟
羨(とも)しきよ無能無用の猫自由　紀
皿の干物をひょと口にして　舟
花冷えのせつせつせつ遠野物語　紀
春虹架かる吉兆のごと　舟

頭上高くに伸びた朴の木に咲く凛とした白い花が散った時の不思議な感覚を詠った発句で始まり、バルコニーに鳴く鳩の居る朝の日常から、未踏の地への旅、まだ見ぬ人との出会いに想い到る。

場面はさらに転換、冬の月の下、芝居の舞台、近松門左衛門の残影、ギリシア神話のゼウスによるレダ

ナオ

巣立ち鳥ねぐら探して低く飛ぶ　舟

　かくれんぼの子まだ見つからぬ　紀

誘はれて行きはよいよい歌舞伎町　舟

「青蛾」と名付くバーの常連　紀

口癖の「信じられない」恋生まれ　舟

　桃盗人の指の太さよ　紀

月やさし大河漂ふ笹小舟　舟

　ふるさと沈めてダムの水澄む　紀

ナウ

懐旧のしるべポツンと一軒家　舟

　出自問はるる落武者の裔　紀

姫祠縁起ひもとく花のもと　舟

　うっすら積る暁（あけ）の淡雪　執筆

令和二年七月十九日　首

令和二年七月三十一日　尾

於　文音

への誘惑、千年比丘尼の哀しみ、そんな神、人問わず縛る情念の軛にもがく者達に対比される猫は自由、好きな干物を咥え、自在に遠野の物語世界にも出入りする。

　民俗の緩やかな生活から抜けだし、都会の妖しき光に魅かれた娘はいつのまにか歌舞伎町、バーへ、恋へと導かれ、男とも出会う。

　気が付けば、月は変わらず優しく照らし、人生に翻弄された人は無力、まるで大河の笹舟、故郷も今はダムの水に沈み、わずかに残った一軒家は落武者の裔か、謂れのある祠には花が舞い落ち、やがて、暁には雪が其処を覆う。（舟）

賜餐

「仮の栖」

両吟

洪水の記憶残すや夏河原　鵠舟
風にひらひらくちなはの衣　真紀
襲名の三升手拭い誂えて　舟
ウ
笛一管を修す世阿弥忌　紀
眉月に見えず隠れし人思ふ　舟
美男葛のからむ裏木戸　紀
ナオ
よく切れる鋏で剪ったやうな朝　紀
仮の栖に続く凍て道　舟
山小屋にバームクーヘン焼く匂ひ　紀
ナウ
牧の仔馬のやさし目くばせ　舟
飛花落花吉井勇の酒ほがひ　紀
都をどりの巡りくる春　執筆

注　「賜餐」と次頁「獅子」は共に九九の四の段を漢字に当てたもの。（窪田薫氏案）

令和二年八月一日　首
令和二年八月六日　尾
於　文音

私の記憶する洪水は幼い時東京の下町、山の手を問わず多くの街が浸水した台風時のもの、家の外壁の茶色の染みがいつまでも消えなかった。また、池上の私の家の近くまで、洗足池の魚や亀が流されて、それを友だちと捕えた。そんな思い出も蛇が脱皮するように、やがてするりと忘れていた。

発句と脇句の創る世界がそうした連想も呼ぶこの巻、それを私は妻が茶事の招待書状などを書く為習っている書道の師、岡田柯葉先生に二幅揮毫いただいた。すると、柯葉師は真紀先生のお名前を目にするなり、「読売文学賞授賞式での真紀先生のリボン胸章の筆耕は

獅子

「臘日」

両吟

令和二年十二月二十三日首
令和三年一月十日　尾
於　文音

里神楽御霊（みたま）鎮めの巫女の舞ひ　鵠舟
為さざることの多き臘日　真紀
機上からムーンライトの初富士に　舟
管制塔のまとふ陽炎　紀

花の波夢の兆しに招かれて　舟
潮干の潟にゆるりやどかり　紀
町むすめ鳶の狙ひし髪飾り　舟
八百屋お七のひとすぢの恋　紀

暗んじる「カサブランカ」の名台詞　紀
夏の光の部屋に溢れて　舟
紅薔薇崩るるときを絢爛と　紀
長髪束ねモトクロス駆る　舟

牧童の角笛羊呼び寄せて　紀
落鮎肴（あて）に越の旨酒　舟
金木犀こぼれて月の塵となり　紀
路地より仰ぐ遠きかりがね　執筆

臨時に頼まれて自分が書いた」と仰り、縁の不思議さに驚いた。軸装は一幅は伝統的なもので、もう一幅はモダンなものでお願いした。

今年三月末に、妻が亭主として、「正午の茶事」を行い、不束ながら私も薄茶点前をした。その時、寄付にモダンな軸装のこの巻一幅を掲げた。

芭蕉が「笈の小文」で風雅を説き、西行の和歌、宗祇の連歌、雪舟の繪と同時に、利休の茶を挙げ、「其貫道する物は一なり」と叙べている。

当日の客たちもこの軸に興味を持たれて、趣向を楽しまれたようだった。

（舟）

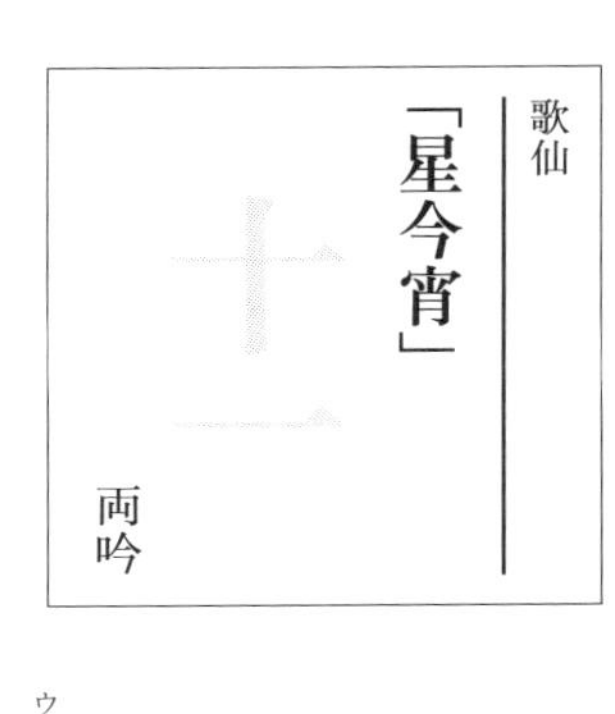

束の間に雨吹きはれて星今宵　鵠舟
寝ねがての窓淡き月光（つきか）ゲ　真紀
望の潮釣果競ひて舟出して　舟
魚拓の並ぶ浜の居酒屋　紀
古時計なぜか八時に止めたまま　舟
綿虫飛んでくる日曜日　紀
ウ
梟の守る果樹園しんしんと　舟
肉ひとひらを置く雪の罠　紀
あやにくに祈り届かぬ鬼と知り　舟
少年ときに深く微笑む　紀
行く先は地図を残して消えた街　舟
甃には猫の足あと　紀
月涼しバンドネオンのタンゴ揺れ　舟
素足で駆けてゆくオフェーリア　紀
里斯本（リスボン）の路面電車は路地を抜け　舟
いつも未完の風景画なる　紀
花の宿卓に置かれた山家集　舟
旅の終りに海市立つ見ゆ　紀

四季のある日本は年間気候、日々の天候変化が激しい。それに、地震台風等の災害、更に近代西欧文明受容による都市化による景観の変動など、絶えず変化を強いられる。その絶えず変化する国を象徴するのが首都東京である。「絵によるパリの歴史」という大冊に啓発され、「絵のなかの東京」*という企画は可能かと自問し、「可」とした芳賀徹は、その編による同名の本で変化する東京は、「いつも都市固有の魅力と問題で、文学者のみならず画家たちを挑発しつづけてきた」と述べる。

雨上りの星、月の光と続く表六句は大正最後の年震災復興事業第一号プロジェクトとして竣工した永代橋の辺に釣舟のある状景を描いた川瀬巴水の絵のような場面の

ナオ

たそがれて風船ひとつ売れ残る　紀
　バンクシーなら高値買取　舟
地下鉄に堕天使こそと紛れこみ　紀
　魅惑の香り焙煎珈琲　舟
ほろほろと雛罌粟（コクリコ）ばかり散るばかり　紀
　祭囃子をふたり逃れて　舟
さよならは豆腐屋の角榎町　紀
　サッカー中継まだ無観客　舟
北洋にイルカ会議をしてゐるか　紀
　イカやヒトデと交信してます　舟
書割の月に運河はなかりけり　紀
　「歌行燈」に長夜更けゆく　舟

ナウ

たらちねの母の糸目の秋袷　紀
　けふは憂鬱三者面談　舟
腕白のあいつ県会議員てふ　紀
　土門拳なり鋭きフォーカス　舟
佇ずめば視界おぼろの花明り　紀
　ゆるり歩みし春の杣道　執筆

令和二年八月七日　首
令和二年八月二十五日　尾
於　文音

連想が続きます。

　絵が景観の変化を描くことに力を絞った如く、連句は連想がもたらす時空の変化、イメージの変遷を言葉で定着しようと試みる。

　駆け行くオフェーリア、露地抜ける路面電車、「いつも未完の風景画」、蜃気楼で終わる裏。

　ナオでは、黄昏の光景の中、逃亡劇が始まり、コロナ禍に起きた無観客試合の非現実性が、イルカ会議、イカ、ヒトデとの交信というさらなる不思議を招き、劇中劇の世界に到る。

　ナウは回想の世界、「視界おぼろの花明り」の春へと結ばれる。

（舟）

＊「絵のなかの東京」　芳賀徹編
岩波書店

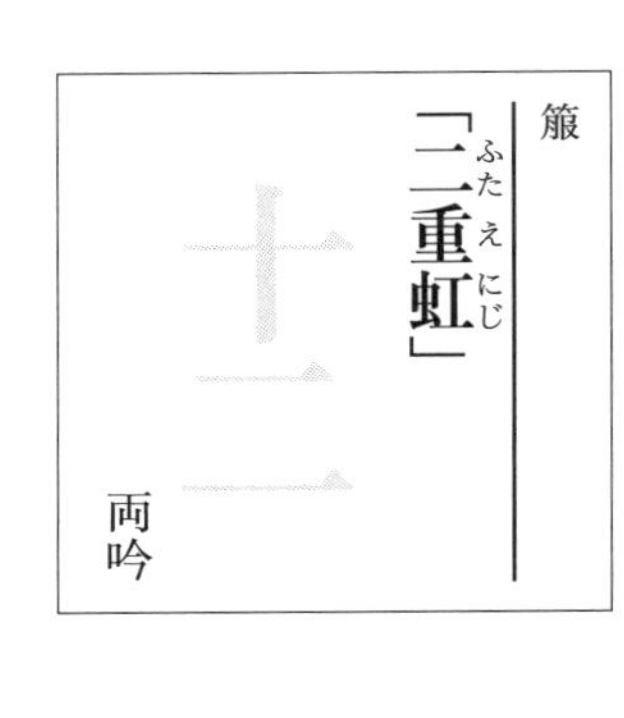

みちのくの秋に出遇ひし二重虹　鵠舟
　水の鏡に映る夕月　真紀
里に住む聡きカラスは胡桃割り　舟
　骨董店で買ふ蓄音機　紀
手塩皿織部染付取り出して　舟
　レモンをぎゅっと絞る生牡蠣　紀
霰打つ果ての浮世を癒す猫　舟
　ヴィオロンの弓少し湿れる　紀
亜麻色の髪の系譜の恋愛史　舟
　尼僧の綴る「ぽるとがるふみ」　紀
花便り地酒所縁に友を呼び　舟
　まづ春塵を拂ふ縁側　紀

岩木山を背景に津軽富士見湖に架けられた長い木造三連の太鼓橋「鶴の舞橋」を訪れた時のこと、雨上がりの一瞬、二重にかかった虹を見た。夕日が落ちて月が上れば、それも正に脇句の描く光景そのものであった。

勤務で海外出張の多かった一時期に、ロンドンやアジアの街で、骨董市や古道具屋と呼ぶべき小さな骨董屋を同僚と巡るのは楽しい時間であった。

古いオークション・カタログのみを求めたり、何も買わずに冷かし客で終わる事もあったが、同僚か私かいずれかが土地にちなんだ少額の品物を購入した。その癖は

ナオ
石鹸玉ことろこをとろこころとろ　紀
　波止場の喇叭と遠い汽笛と　舟
溺れゆく深き海溝あるごとく　紀
　時過ぎゆけど想ひ漂ふ　舟
月昇るライ麦畑をあかあかと　紀
　ラムネの瓶に郷愁の泡　舟
ナウ
台東区下谷にありし燧石　紀
　路面電車は遊園地前　舟
タブレットひとつで授業小学生　紀
　ネット遍く人つなぐ世か　舟
精霊の犇めきあって花曇り　紀
　お玉杓子の揺らす池の面　執筆

令和二年九月八日　首
令和二年九月二十四日　尾
於　文音

今でも残り、先日も佐原で、大正時代の「手あぶり」を買った。

　古き生活器が料理の手わざにより今に活きるとき、そこには新鮮な生牡蠣がふさわしい。

「癒し猫」「バイオリン」「亜麻色の髪」「尼僧の手紙」のイメージが織りなす恋の物語は、擬音にのせられて、我々の深い記憶の海溝に届き、新たな場面の映像、古き時代の暮らし、文化を想起させる。

　否応なしにネットに繋がれ、ディスプレイ越しに他者と出会い、直接体験ではなく、バーチャルの世界に生きる若き世代は、精霊、生き物の精気に溢れた春を感じることができるだろうか？　（舟）

二十韻

「新蕎麦」

両吟

名月に朱を点じたり熒惑(ほのおぼし)* 鵠舟
木犀の香の通る町筋 真紀
客人を待つ新蕎麦を供すべく 舟
幼な馴染の齢(よはゐ)かさねて 紀

ウ

ふと思ふ遥か昔の岐れ道 舟
来歴証すトランクの疵 紀
呼ぶ声に眸の地平線揺れる 舟
墨衣のグレコうたふジュティム 紀
青山の池に鮮やか燕子花 舟
手足かはゆき亀の子を飼ふ 紀

火星がもっとも月に接近するという宇宙現象。「熒惑」という呼び名は知らなかったので、ひとつ知恵が増えた。これだから連句は面白くためになるのである。

秋天は快晴が続いて、一夜ごとに月に近寄る赤い星を楽しんだ。

清少納言は「星は昴」と言っている。スバル座（プレアデス）が肉眼で数えられた石見の山奥にいた時私はいっぱしの天文少女だった。

「月をこそながめなれしか星の夜のふかきあはれを今宵知りぬる」と詠んだ建礼門院右京太夫には七夕を詠んだ歌が五十一首もある

ナオ
登り窯今し火入れの時到り　紀
　普請道楽果てのない夢　舟
神の杜森閑と在り斧知らず　紀
　鶴の番ひを祝（ほ）ぐ玉霰　舟
揚錨機海まっぷたつ冬の月　紀
　風来坊は「夜の街」行く　舟

ナウ
「百年の孤独」臓腑に沁みわたり　紀
　涸れたる沢に雪解けの水　舟
花綏（はなづな）の馬戞々と飛花落花　紀
　春の名残りの眺めとどめん　舟

＊　熒惑（ほのおぼし）　火星の古名

令和二年十月二日　首
令和二年十月十四日　尾
於　文音

から驚く。愛人であった平の資盛を偲んでのことと言う。右京太夫にはもひとり、似せ絵の名手と言われた藤原隆信とも関係があったのであるが。

　句を連ねる変化の進行に添ってさまざまな連想世界が浮かんでくる。紙とペンで描き出す架空の世界の中で、何にでも変身できるし何処へでもゆける。いわば共同で描き出すメタバースなのである。

「百年の孤独」は焼酎の銘柄。私はお酒が呑めない体質なので残念ながら味わったことはない。ガルシア・マルケスは読んだけれど。

（紀）

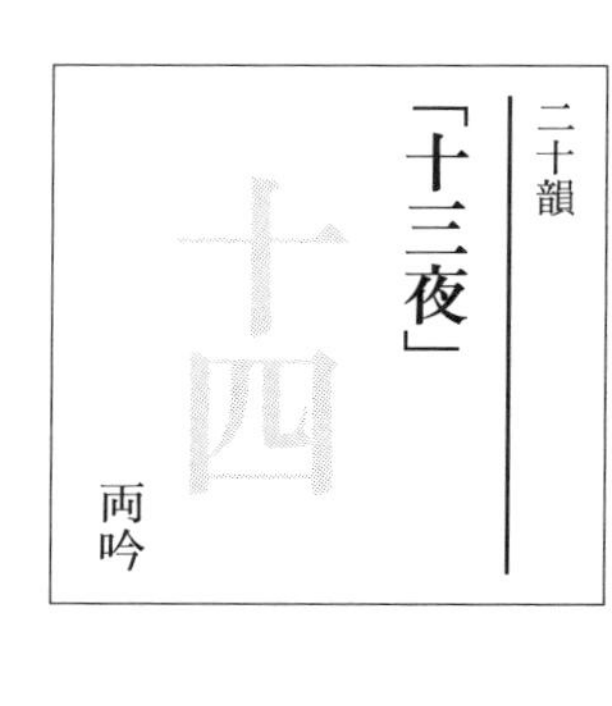

天空に型押しのごと十三夜　鵠舟
　木の実降る音時の過ぎゆく　真紀
芒原かの玉手箱開(あ)きしかと　舟
　訛りなつかし鄙の語り部　紀

ウ

楽人の秘曲伝授の神寂びて　舟
　「車坂」てふ辛口の酒　紀
盤外の恋の無理筋敵(かな)はずや　舟
　わが青春のアフロディテよ　紀
朱夏の宵ロックフェスの大歓声　舟
　雨をよろこぶあじさゐの毬　紀

『寺田寅彦随筆集』第三巻（岩波文庫）に、「連句雑俎」と「俳諧の本質的概論」の二章がある。

連句初学の頃に読んだのを思い出して改めて再読。寅彦の俳諧理論の深さに感嘆すると共に、昔は何も読みとれていなかったと知らされた。連句実作を何十年も重ねて漸く理解できるのであろう。

「ラブ・ミー・トゥナイト」という映画の序曲「パリのめざめ」の風景が俳諧的として、

　朝露やパリに眠りのまださめず
　　河岸のベンチの濡れてやや寒

と連句にしてみせるかと思えば、芭蕉の付合を映画の場面に仕立て

ナオ

緞帳の下りたるのちの虚ろさに　紀
脇の名優喝采の外　舟
ジョバンニの手提鞄が忘れられ　紀
伝言板が現在(いま)に復活　舟
伴走す夜行列車と冬満月　紀
闇を切りさき野兎も跳び　舟

ナウ

僧正の鳥獣戯画圖けふも模写　紀
千年の塔陽炎に揺れ　舟
くれなゐの領布(ひれ)流るるや花筏　紀
初虹を追ひ海に漕ぎ出づ　舟

令和二年十月二十四日　首
令和二年十一月四日　尾
於　文音

てもみせる。私も「八月の鯨」で表六句を作ったことがあった。

上記の連句も一句ごとに画面としてスクリーンにのせてみてほしい。單に字面のみでなく映像として捉えてもらえれば興が湧くかもしれない。前衛的ではあろうが。

フェリーニの撮った映画「オーケストラ・リハーサル」は四部構成で全く歌仙の起承転結そのものに思われた。その起承転結を寅彦は、アンダンテ・アダジオ・アレグロ・ラルゴと対比している。そして、映画、音楽に加えて科学や哲学も包含していると示唆してもいる。引用や比喩が具体的で判り易く連句人にまたとないテキストではないだろうか。（紀）

歌仙

「イェスタディ」

両吟

「イェスタディ」聴きつ冬陽の射す舗道　鵠舟
　バス・ストップに枯葉渦巻く　真紀
二十年会へざる朋友尋ね来て　舟
　時飛び越えて学寮の宵　紀
伝不詳月の掛け軸雛祭　舟
　はつかに香るたんぽぽの酒　紀

ウ

刹那ほどあれば夢睡の目借時　舟
　セ・ラ・ヴィと言ふひとの幻　紀
その名さへ声出すたびに心揺れ　舟
　遊動円木行きつ戻りつ　紀
沖つ島海に線・角荒れる波　舟
　帰燕の群のよぎる熱田津（にぎたつ）　紀
三五夜に古塁登りし鬼の裔　舟
　さみしい母はいちじくを煮て　紀
樂茶碗金継ぎ成りしやすらぎに　舟
　薬師如来に願をかけしか　紀
言問の通り往く手に余花の雨　舟
　鳰の浮巣の岸に寄り来る　紀

　ある楽曲を聴くと思い出す風景、気分というものがあり、それは人により世代により異なるであろう。

　中でも十代の時にビートルズに出会った我々の世代は、彼らがデビュー以来矢継ぎ早に発表するシングル、アルバムの音楽に魅了され、その楽曲とその頃の自分の身に起きた出来事がシンクロされ、街角でその音楽が流れると不意にその楽曲に出会った頃の自分の気分が甦り、戸惑ってしまう。その気分の内には色々な体験から生じた複雑な感情が混ざっている。

　発句はそんな風に過去の気分を思い出す起爆剤のようなビートルズの曲を聴きながら歩く場面から始まり、初折表は少年の思い出を詰めたレイ・ブラッドベリの小説、

ナオ

吉日に若人未知へ漕ぎだして　紀
　強き照明ステージフライト＊　舟
憧れはアポン・エイヴォン沙翁劇　紀
　恋のあらすじシナリオもなく　舟
ふりむけばもはや雫や雪をんな　紀
　思ひ残してほろと侘助　舟
大鴉アンテナに都市睥睨す　紀
「もう二度と」来ぬ詩（うた）のまれびと　舟
革製の新約聖書旅鞄　紀
　葡萄ゆたかに実る幸はひ　舟
月の出にいささ群竹戦ぎおり　紀
　木葉山女を焼く囲炉裡端　舟

ナウ

武蔵野を騎馬武者がゆくロケーション　紀
　主役遅参で待つ夏河原　舟
火星には運河ありしか遠眼鏡　紀
　渋川春海暦正せる　舟
万物のいのちかがよふ花の朝　紀
　蝌蚪の紐解け池のさざめく　舟

＊stage-fright　観客を前にあがること

令和二年十一月八日　首
令和二年十二月四日　尾
於　文音

「たんぽぽの酒」で終わる。

　裏は午睡の夢、揺れる人生、そして恋、行きつ戻りつするものの連想は遊具、そして波、港と拡がり、岸に辿り着く。

　名残表、若者は船出し、ステージフライトに怯えながらもシェイクスピア劇に魅入られる。しかし、現実も恋も予測できない世界に翻弄され、いつしか無情な都市からも出て、詩のまれびとを求め、旅にさすらい、山里の月下、実りを楽しむ日々に到る。

　名残裏、一転時代劇映画の撮影、レンズを構え、今しも開始の時、レンズは火星を眺める望遠鏡のイメージを呼び、江戸時代の改暦に、そして、時の流れは生命の永遠に、池に誕生する命の映像に結ばれる。

（舟）

十六

テルツァ・リーマ

「年の空」

両吟

年の空こころ駆りたて渡る橋　鶺舟
雲の言葉のやうに粉雪　真紀
朋友とネットで酒を酌みかはし　舟

トラベル止めて図書館へ行き　紀
早退けの娘のハイヒール音高く　舟
秋のスカーフあざやかな朱黄　紀

嵐山恋も居待の大悲閣　舟
流れは絶えず番ふ菱喰　紀
廃線のマニア荒れたる駅描く　舟

「テルツァ・リーマ」はイタリアの歌曲の形式（ダンテの『神曲』はすべてテルツァ・リーマで構成されている。）

これを連句の一形式として試みられたのは神戸の詩人鈴木漠氏。脚韻を、A・B・A・B・C・B・C、とはじめの二句以外は三句続けて踏韻する。

日本語の構成は欧米と逆なので

自家菜園を囲いこむ杭　紀
まだ捨てず遅れがちなる古時計　紀
プール授業は腕白得意　舟

月涼し和紙の風信紅の罫　紀
恪気呼んだか秘事の露はれ　舟
縄暖簾スゥプは旨き烏骨鶏　紀

気がつけば世故、世間囚はれ　舟
初花のはつかに見ゆる仄明り　紀
安芸の浮鯛さても天晴　舟

椿寿忌の句座の漸く暮れかかり　紀

令和二年十二月十一日　首
令和二年十二月二十日　尾
於　文音

脚韻には向いてないと思う。

立原道造の十四行詩は脚韻を踏んでいないので、ソネットとは言えないと言う説があるが、しかし、ソネットやテルツァ・リーマの特性、本質である音楽性は十分にあり美しいリズムの詩である。

「マチネ・ポエティック」という脚韻を必然とする運動があったが、詩としても美しいと思ったのは、九鬼周造の作品くらいであった。

私としては音楽性に重点を置きたいけれど、鈴木漠氏は活字表現としての面白さをとなえられている。上記作品はそれに従って二字脚韻に挑戦してみた一巻。（紀）

二〇二一年

耳あらふ釜の松風しずり雪　鵠舟
蕾はつかにひらく侘助　真紀
港町画廊に似合ふ猫のゐて　舟
髭のあるじの好むバロック　紀

ウ
灯の落ちしビルの谷間に月朧　舟
上巳の飾り嫁（ゆ）きし娘（こ）の部屋　紀
錆色のふらここ庭に静かなり　舟
秘めし言葉を水に誌して　紀
面差しの兄に似る僧門に立つ　舟
けふは遠嶺に見ゆる農鳥　紀

「二十韻」は故東明雅氏の創案による。氏は信州大学文学部の部長教授で西鶴研究の泰斗。

戦後の連句復興の先駆者で生涯に俳諧三千巻という、根津芦丈師の一の弟子であり、信大でも退官後にもカルチャーセンターで育成された連句人は数多い。こんにちの連句人の三分の一くらいは明雅氏の弟子筋ではないだろうか。

私は林空花、真鍋天魚氏の社中だった時、二度ほど招かれて明雅氏の捌きに一座したことがある。「二十韻」作品が多いのは国文祭募吟の形式に選ばれるからである。

国体と略称される国民体育大会

ナオ
蒐めたるぎやまんびいどろ冷し酒　紀
　爛柯の宴わらべ返りす　舟
目覚めたらザムザになってゐるかもね　紀
　鵙の高音におどろき怯え　舟
満月を捉へし北の黒き森　紀
　地芝居スターに若き騒めき　舟
ナウ
ほろ苦きアドレッサンス手紙焼く　紀
　箱根細工の解けぬ絡繰　舟
深山木の花を徴しに神の座　紀
　蝶の飛び交ふ里は平らか　執筆

令和三年一月十一日　首
令和三年一月二十四日　尾
於　文音

に少し遅れて国民文化祭が施行された。略称国文祭の短詩型部門に当初連句は入ってなかった。

詩・短歌・俳句と三部門しかなかった国文祭に連句部門が創設されたのは先達の方々の大変な運動のおかげである。その当時連句は全く知られていなくて古臭いなどと言われたものだった。むしろ現代に魁ける斬新な類のない文芸なのであるが。

ちなみに時の文化庁長官は作家の三浦朱門であった。　（紀）

付．平成二年〈１９９０年〉国民文化祭に連句部門は正式に参加した。

神曲の門希望は捨てず冬ごもり　鵜舟
　ほのと赤らむ裸木の梢（うれ）　真紀
焙煎の香に誘はれし店も消え　舟
　庖丁を研ぎ男子厨房　紀
日の本の伝統を継ぐ異邦人　舟
　雉笛競ふ川の両岸　紀
夜をこめて空音に呼ばふ花の下　舟
　忘れ霜して逢坂の関　紀
不意を衝く自転車道の蒼き影　舟
　アルバトロスの巨き翼よ　紀
織部皿鯉の洗膾（あらい）の透きとほり　紀
　世俗離れし画家の奔放　舟

「非懐紙」は、英文学者にして蛇笏賞受賞の俳人であり、俳諧連句作者としては『白燕』創刊。元神戸商科大学教授の故橋閒石氏の提唱された非形式の形式である。

歌仙形式は初折、名残折と懐紙二枚、式目も調っているけれど、その分マンネリになり易いということで、閒石氏は付合を新鮮に活性化するために考えられたのが非懐紙。月、花の座も定めず、自由に大胆に発想せよ、と望まれたのであろう。

「ここ過ぎて哀しみの市」と神曲

涅槃図にこっそり猫を描き入れて　紀
　そらみつ倭地酒渉猟　舟
安楽椅子無為を楽しといふことも　紀
　夕かなかなに想ひ急がるる　舟
ナルシスの覗く水面に繊き月　紀
　秋の祭りに露店賑はふ　舟
漂泊(さすらひ)てあの村この町啖呵売　紀
　合唱自慢の島の学校　舟
花鰹たっぷり母の雑煮椀　紀
　初弁天といざ鎌倉へ　舟

令和三年一月二十七日　首
令和三年二月八日　尾
於　文音

にある門。当時外出も控える時期で一歩出れば哀しみの街であった。

　六句め「雉笛」は蕪村の俳諧詩「北寿老仙を悼む」を偲んだつもりであるが、次は王朝時代へ飛んで清少納言の登場。連句はまるでタイムマシン、時空を自在に往来できるのである。

　蕪村は『春泥句集』の中で「離俗論」を説いて、「離俗の法、最も難し」と述べている。芭蕉の「高悟帰依」もそうだが雅と俗が混然としている現代がいっそう難しい。

（紀）

十九 歌仙「塔の春」 両吟

春一番塔もゆらゆら覚束な　鵠舟
　野焼の炎喜々と疾れる　真紀
指染めて和蘭陀芥子摘む岸辺　舟
　旬の総菜揃ふ食膳　紀
はしご酒いざよふ月に誘はれて　舟
　ピアニッシモに龍胆の鳴る　紀

ウ

ボブ・ディラン弾けば喝采秋の駅　舟
　賞の詮衡侃々諤々　紀
夢のなか人魚は逃げて北の海　舟
　遠きおもかげ粉雪の窓　紀
屋根裏の父のアルバムせぴあ色　舟
　少尉でありし日の髭濃ゆき　紀
偶さかの辻占ひは吉と出る　舟
　乾（いぬい）の方にはたた神現（あ）れ　紀
月遅し平家蛍の集ふ里　舟
　詠みびと知らずといふもゆかしき　紀
韋駄天の走り頭上に作り花　舟
　ファンファーレに和して囀　紀

　小学校の頃、最も身近な塔と言えば、小学校と隣合せの長栄山池上本門寺の五重塔（江戸前期建立）。同じクラスに三紙あった学級新聞のひとつ「さざなみ」（クラスの担任の先生がある日校庭で我々に自由運動を許す一方、自分は白い表紙の『世界』という雑誌を読んでいるのが格好良いと思った私がその雑誌出版社の名前をもじってつけた）の編集長であった私が記事ネタに悩むとまず本門寺の五重塔を見て、それから明治の政治家星亨の銅像のある見晴らしの良い場所に移動して、息抜きをした。

　いつも塔を見たいと思うときは自分の気持ちも揺れている時なのかもしれない。

　連句は、この巻の表六句の流れの中でも、春から秋に多彩な情景

ナオ

獺期終る銃置く銃架端正に　紀
　角を落して牡鹿やさしげ　舟
名画座の椅子の固きに倚りしこと　紀
　パソコンと合ふ清朝の家具　舟
涼やかに絹をすべらす繊き肩　紀
　けさは情なき孔雀サボテン　舟
にこにこと詐欺師はドアをノックして　紀
　サーカステントに猛獣が待つ　舟
千年を睨み疲れし仁王像　紀
　疫病(えみ)み祓へと燃す大文字　舟
月遍照太郎次郎の眠る屋根　紀
　秋草の絵を添える日乗　舟

ナウ

発酵の刻満つつある甕の声　紀
　西国船の帆は膨らんで　舟
突堤に釣竿ならぶ雨あがり　紀
　旅の写真家猫を連写し　舟
精霊の犇めきあへる花曇り　紀
　知恵詣する児等のさざめき　執筆

令和三年二月十一日　首
令和三年三月十四日　尾
於　文音

とともに変化を描くことができる。

　連句の発句は形式も表現方法も俳句と同じだけれど、異なる。また「前句[*]の作意は前句の作者が決めるけれども、付句の作者は、その作為を気にするに及ばない。むしろ、前句の作意を無視し、別の意味に転換することで新しい展開を試みる『とりなし』こそ、付句作者の手柄」なのであり、そうした展開が連句世界を豊かにする。

　連句の「切[**]れながらどこかで結びつき、続きながらどこかで切れる連断的表現は、西欧の新人にとって非常に魅力的である」というのも分かる稀有な表現形態なのである。（舟）

＊、＊＊「俳句の世界　発生から現代まで」（講談社学術文庫　小西甚一著）

二十韻

「星のみどり児」

両吟

あまざかる星のみどり児春の宙(そら)　鵠舟
　ふりさけ見れば霞棚引く　真紀
機関車と菜の花畑をフォーカスし　舟
　額装に凝る会心の作　紀

ウ

みちのくの女杜氏の仕込み酒　舟
　穿き心地よきブルージーンズ　紀
露天湯に守宮(やもり)堕ちたる宵の月　舟
　素足の爪の仄とくれなゐ　紀
けぶり立つ恋の修羅場を脱け出して　舟
　延宝元年鋳造の鐘　紀

ハッブル望遠鏡が地球外から捉えた星雲画像を初めて見た時はその鮮やかさに驚いた。

特にへび座のワシ星雲に碧緑色に漂うものが濃縮な水素分子雲で、あり、それが恒星の始まりと考えられるという事が印象的だった。

発句は、当初「ひなの惑星」という言葉にこだわったが、意味不明と真紀先生の一直を受けて、今形に落ち着いた、確かに惑星は自ら光らず、ナンセンスであった。

この発句ならば、「地球から二万四千五百光年の遠きにあり、その端が「天の川」と重なるへび座に因み、「あまざかる」という「鄙」にかかる枕詞を用いることも可能となり、脇はそんな趣向に

ナオ

やはらかに山眠り初む甲斐信濃　紀
川舟の先雪蛍舞ふ　舟
橋いくつ潜れば着くかキサナドゥ　紀
未生の記憶夢に見るひと　舟
月ひそと身八つ口より忍び入る　紀
雲居の雁に思ひ届かず　舟

ナウ

穂芒の揺るるばかりに道祖神　紀
御手洗団子評判の店　舟
花の冷えガレのランプは灯さざる　紀
まだ暮れやらぬ牧に駒引く　執筆

令和三年三月二十一日　首
令和三年四月三日　尾
於　文音

合わせ、「ふりさけ見れば」と阿部仲麻呂の古今集採録の和歌の言葉で付け、そして、その画像から写真、絵画の話へと転じ、取材の旅は陸奥へと、もはや例外ではない女性杜氏、さらに恋の修羅場へと通じた。

ナオでは、雪の降り始めた信州、川舟の誘う、いくつもの橋をくぐった先にある楽園。そんな訪れたこともない楽園を夢見る。

月の光はそんな人の思惑に関わらず、すべての人を照らす。

ただ楽園ならぬ里には、道祖神、団子茶店があるばかり、突然の花冷えに、ガレの名作ランプも点かぬ夕べに、馬も静かに牧場に戻る。

（舟）

十八公

「地球の息吹（いき）」

両吟

ウ

風光る地球の息吹に出遇ふ朝	鵲舟
雲なき空に競ふ囀	真紀
それぞれに心残りし春暮れて	舟
鸚鵡飼はうか山羊を飼はうか	紀
縁側の素足ひんやり里帰り	舟
茂吉はトマトを赤茄子と詠み	紀
鶴岡で目指す名店イタリアン	舟
シャトーマルゴー開ける賓客	紀
眠る森、真夜中の月、画家の夢	舟
灯籠舟の行方知らずも	紀
崖下の隠れ家木の実降りしきる	紀
眼科医院に運命の人	舟
きぬぎぬは微粒子と消え雪女郎	紀
残る榾火にいっときの暖	舟
液晶の画面会議は踊らざる	紀
波瀾過ぎれば四海平らに	舟
ひともとの花に守られ古祠	紀
野がけ山行き児等の楽しむ	執筆

「十八公」は、松の字をほどいたものである。表十行裏八行という形式が面白い。表六句め茂吉の名歌に付けの鶴岡イタリアン・レストランは、店員が夜釣りで遭遇した開高健の賑やかな一人語りの状景を、丸谷才一がエッセイに書いている。それぞれの文学者の持つ背景が豊かなので想像力を駆使すれば楽しくなるはず。裏一、二句めは漱石。本の話ばかりしているので両吟はどうしてもブッキッシュになり勝ちである。しかし、皆マスクして外食も会合もできない日に想像の翼を生やして遊ぶのはよい過し方ではないだろうか。

（紀）

令和三年四月七日　首
令和三年四月二十日　尾
於　文音

賦物

「十二支行」

両吟

令和三年十月二十五日　首
令和三年十月三十日　尾
於　文音

子　スタジアム月の舟浮く夢の跡　鵠舟
丑　　流星群と交信の猫　真紀
寅　京童噂と落首あやつりて　舟
卯　　横川（よがわ）の僧都貰ひ泣きする　紀
辰　冬の虹立つ時遥か偲びつつ　舟
巳　　手宮に秘めし母の恋文　紀
午　しづこころ満たす旨酒なみなみと　紀
未　　胡砂来たる日辻占は吉　舟
申　花は散るボーヴォワールもサルトルも　紀
酉　　皆「とりかへばや」の心理劇　舟
戌　かき曇る乾の方にはたた神　紀
亥　　一樹の陰に蛍火の飛ぶ　舟

「十二支行」は何時から始められたものか、どの俳諧辞典にも出ていないので判らないが、各行に干支の動物を詠みこむのは私が始めたような気がする。他の連句会で作られたことは無いようである。

短いので一寸した空き時間に楽しめる。いつも思うのだけれど、十二支には、架空の動物の龍がいるのになぜ、愛すべき猫はいないのか。鼠に欺かれて間に合わず、それで終生猫は鼠を捕る説があるが、幼時から猫と暮してきた私から見れば、鼠に欺かれる鈍な猫はいないと思う。古代エジプトに倣って猫は神の位置にいると思うことにしている。　（紀）

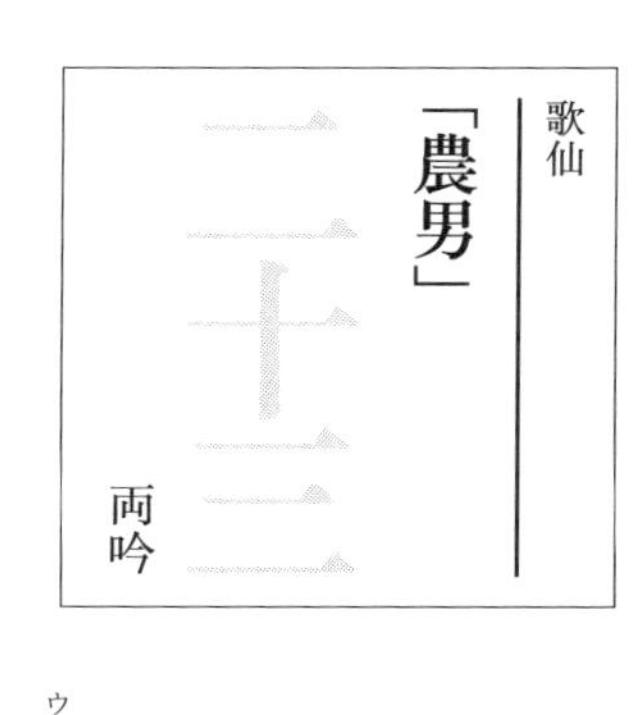

歌仙

二十二　「農男」

両吟

面白や富士に身を消す農男　　鵠舟
　新樹の翠に染まる湖　　真紀
激流をカヌー操り乗り越えて　　舟
　少し焦がした飯盒炊飯　　紀
月天心商ひの街蔵の街　　舟
　透きとほる火を抱く柘榴よ　　紀

ウ

くに自慢やがて織留西鶴忌　　舟
　浮世草子のをみな愛ほし　　紀
戯れと思ひ見做せど恋の穴　　舟
　我関せずと猫の香箱　　紀
芸の虫温泉湯（いでゆ）に浸る暇なき　　舟
　板なめらかに摺り足の足袋　　紀
栄螺堂きざはし巡る月凍てて　　舟
　運河閉ざして巨船座礁す　　紀
悪夢すら遣ひ回しのニュースショー　　舟
　虚実皮膜を楽しんでをり　　紀
友と酌みし時戻したき花の雨　　舟
　旅の途次にて聞きし雉笛　　紀

「農男」「農鳥」はいずれも、「雪解富士」の傍題季語である。

初夏、五月ごろに富士の雪が解け始めて人や鳥の形に模様ができたりする。面白くて楽しくてお洒落な季語だと思う。

『歳時記』は各種それぞれの出版社が刊行していて、いつの間にか私宅の書棚にも十種類ぐらいもあ

ナオ

新刷りのインク匂ふよ弥生尽　紀
　露天市からせどり始めて　舟
魔法陣解いて少年行方知れず　紀
　セシルカットの魅せる襟足　舟
キューピッドなぜか射る的間違えて　紀
　貴船川床瀬音激しき　舟
青芒揺るるふるさと遠くあり　紀
　納戸の奥へ宝探しに　舟
目利きにも見破られざりし贋九谷　紀
　海を渡ったアニメキャラたち　舟
弦月の吊り下げてゐる摩天楼　紀
　行幸通りに銀杏散るまま　舟

ナウ

追憶を呼び覚ますなりちちろ虫　紀
　やもめばかりのの料理教室　舟
競りの場に符牒投げ合ふ声響（とよ）む　紀
　歳徳神の社あらため　舟
花一枝鞍に飾りて駿馬たり　紀
　飛びつ転びつまだ巣立ち鳥　執筆

令和三年四月二十五日　首
令和三年五月十七日　尾
於　文音

るが、一番重宝しているのは大冊の『日本大歳時記』（山本健吉監修）講談社の座右版。カラー写真入り、例句も多く解説が行き届いていて。古今東西の歴史、地理、動植物はもとより神祇釈経の由来に故人の業績までわかる。ネット検索より紙の方がいいと思うのは紙面にある他の項目がおのずと目に入るからで、あ、知らなかったとか、この季語面白いとか知識が広がるから。私はかねがね中学校などで歳時記を副読本にするといいな、と思っていた。民俗学的な知識も得られるのである。そしてこの国の自然の豊かさに改めて感嘆する。（紀）

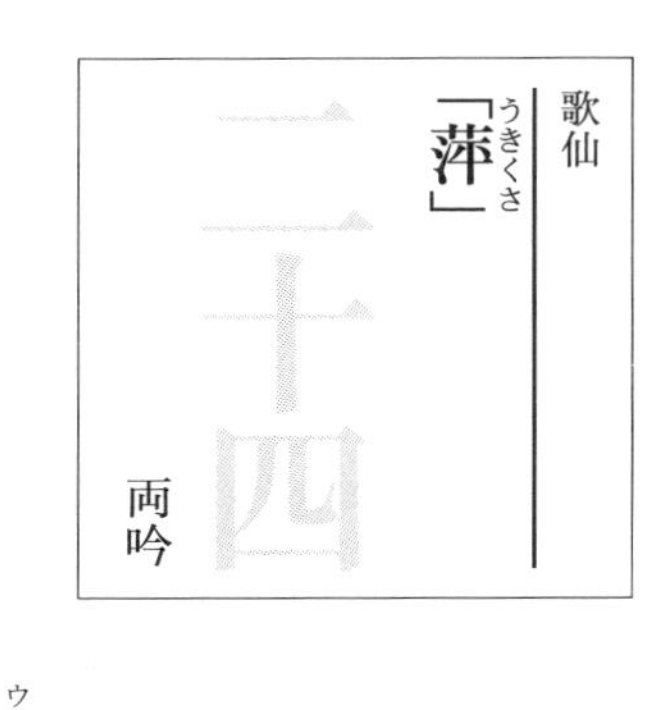

歌仙「萍（うきくさ）」 両吟

タイ、アユタヤにて

萍の大河のほとり涅槃佛　鵜舟
　史跡尋ねる頬に薫風　真紀
代替り老舗和菓子屋賑はひて　舟
　誰が名付けしか求肥・外郎　紀
そら耳にたらちねの声月美しと　舟
　桔梗のつぼみ翌（あす）弾けさう　紀
ウ
碧眼の相撲取ゆく向島　舟
　千秋楽に酌む新走　紀
辛口の勝負料理の利きどころ　舟
　時よ止まれと思ふ刹那よ　紀
街頭でアナが訊ねる「転機とは？」　舟
　トラピストでは緬羊を飼ひ　紀
寒月に駅の石像影濃ゆき　舟
　永訣の日の雪のひと碗　紀
柔らかき詩の朗読はラヂオから　舟
　抽斗にある錆びたハモニカ　紀
薄墨の花守の夢継がれ行く　舟
　まづ踏青の新しき靴　紀

私の記憶に残るタイ、アユタヤの遺跡、野ざらしの巨大な涅槃仏、そして、チャオプラヤ河の畔にある旧日本人町跡、その川面に拡がり、流れてゆくたくさんの萍。

タイの外国人町、ポルトガル人町も、中国人町もあり、それらのいずれもが、現地政治経済勢力との軋轢の中、何度も焼打ちにあう。中国人町は焼打ちにあうたびにさらに大きくなり、日本人町は逆に小さくなり、消えてしまった。

今では、バンコク全体が大きなチャイナタウンと言う人もいる。

初稿「涅槃仏河に萍日本町」の発句は、詰込み過ぎ、真紀先生の一直を受け、今の形となった。

すっきりとし、脇の「薫風」が

ナオ
多島海おぼろおぼろに銅鑼消えて　紀
クラシックカー似合ふ倉敷　舟
千年の砂の柩に眠る姫　紀
シネマの中の初恋のひと　舟
迷ひこむ露地に既視感あるカフェ　紀
昼の蛍のそっと飛び立つ　舟
梅雨寒の玻璃戸に指紋くっきりと　紀
どんでん返しの推理小説　舟
地震警報万巻の書も怖しき　紀
時計片手に予行演習　舟
たたなはる山稜出でし居待月　紀
SLの音紅葉かつ散る　舟

ナウ
市の果菊人形を横抱きし　紀
十八歳で知るアイロニー　舟
束髪の面ざし凛と一葉忌　紀
贅沢の味終ぞ知らずに　舟
たましひの吸ひとられゆく花の闇　紀
吹き寄せられし蝶の群れ飛ぶ　執筆

令和三年五月二十一日　首
令和三年六月十八日　尾
於　文音

記憶の情景を呼びだした。老舗和菓子屋、求肥、外郎の名の不思議からは江戸歌舞伎舞台の如き場面が生まれた。

歌仙世界は弛まず進み、北国へ、永訣の雪の日へ、ラジオからの詩に同せぬ錆びたハモニカ、花守の未完の夢を引き継ぐ者登場の予感。

ナオは瀬戸内、倉敷の美術館のオリエント系収蔵品、シネマ、既視感ある風景、という具合に素早く展開、更にミステリー仕立てに、アームチェアー探偵の書斎に地震警報、そして居待月の出に到る。

ナウは、薄幸の少女だが一葉忌に相応しく凛とした俤、それもまた幻影かすべて花の闇に消え、そこに蝶が群れ飛び、巻は結ばれる。

（舟）

ジャズ好む耳に戦ぐや荻の聲　鵠舟
　心ゆるりとほどく新涼　真紀
繊き月星座表見る塾帰り　舟
　兄はコーヒー妹はココア　紀
テーブルに笑ふ子豚の写真集(フォトブック)　舟
　縄文土器に薄埃して　紀

ウ

薬効も虚し(むな)お頭(つむ)の冬帽子　舟
　喜劇役者の素顔ひややか　紀
アステアも手綱取られて止まる脚*　舟
　古稀を過ぎても忘れ得ぬひと　紀
幼き日ゴム飛行機の沼に落ち　舟
　勁き気流に捲かれゐて虹　紀
僧院に夏越の月のあまねくて　舟
　悪疫退散祈るほかなき　紀
時計すら逆回りする反世界　舟
　不思議の数は七の七倍　紀
風流の猿も出でしか花の山　舟
　のどかにひびく寄席の音曲　紀

芭蕉は、弟子たちが固定観念にとらわれるのを憂えて伝書を遺さなかった。その教えは『去来抄』『三冊子』など弟子の聞き書きでしか知ることはできない。その中でもっとも有名なのは「不易流行」であろう。どう解するか難しいが例えばこの巻の発句、ジャズは流行で荻の聲は不易と言えなくもない。現代は多様でまた自由だ。

五句め「笑ふ子豚の写真集」は鵠舟さんに借りて見たが、実にかわいい子豚とその飼育員のほほえましい写真だったけれど、最後の解説に「この豚はおいしいに違いない」とあって急に辛くなった。暫くポークソテーは食べないと決めたくらいである。生きることは

ナオ
穀雨して黄表紙の文字くねくねと　紀
　ペリカン・ブルーで署名せしこと　舟
ヴェルレーヌがランボーを撃つ陽の翳り　紀
　喜望峰では骨董を買ふ　舟
たゆみなく時零しゆく漏刻よ　紀
　牡丹くづるる主なき部屋　舟
沈下橋素足で渉る心地よさ　紀
　杉玉吊るす店で生の酒　舟
京の宿一見客もよろしおす　紀
　群れのイスカの合わぬ嘴　舟
ひとすぢの恋成就せり月の宮　紀
　銅鑼打ち鳴らせ霧も晴れたり　舟

ナウ
アランフェス協奏曲流れくるカフェ　紀
　パリジャン通ふ町の銭湯　舟
果さざる約束いくつ去年今年　紀
　名残の雪のうすうすと消え　舟
花充ちて夕べは天に還るなれ　紀
　鮊子を煮る母屋賑やか　舟

＊「八十歳で四十歳差の女性騎手と結婚」

令和三年八月十五日　首
令和三年九月十二日　尾
於　文音

一面残酷なのだ。（今はもう豚しゃぶなんか平気で食べている。）

フレッド・アステアの「バンドワゴン」は何回見ても飽きない。あのステップのすばらしさ！彼が歳の差倍の結婚をしても許してあげようと思う。

ナオ一句め、五十嵐浜藻の研究を始めたとき、まだ版本しかなくて読むのに四苦八苦したものである。浜藻研究会が町田に発足して翻刻本が町田市民文学館から出版されて嬉しかった。古文書は版下の書き手の癖もあり、ずっと読み続けていないと忘れてしまう。夢中で打ち込んでいた時期がなつかしい。俳諧集ばかりで黄表紙までは読んでいないけれど。　（紀）

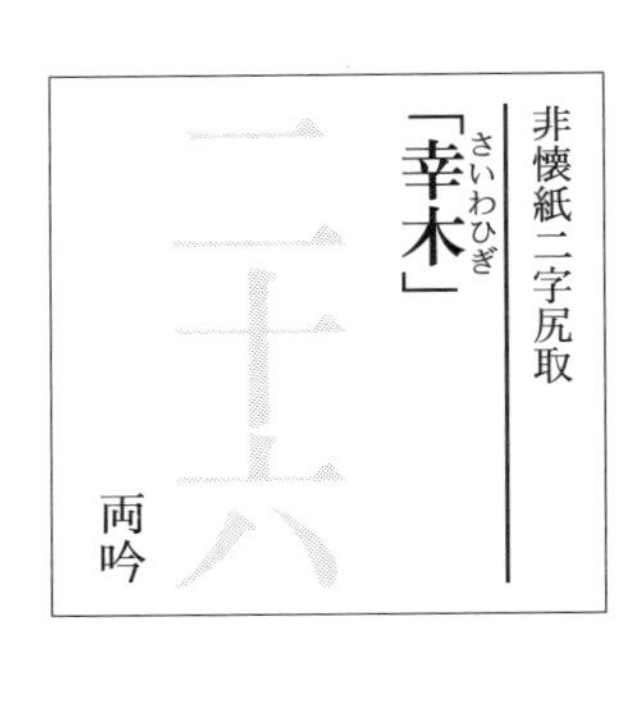

非懐紙二字尻取

「幸木（さいわひぎ）」

両吟

行く年や星に送られ橋渡る　鵠舟
　樽いっぱいに漬ける白菜　真紀
幸木招き寄せたか福猫は　舟
　毀してはまた積む夢の塔　紀
唐渡り白隠絵解く桂兎譚　舟
　短音階で鳴く妹背鳥　紀
穫りいれて林檎酒醸す里住ひ　舟
　眞昼の情事てふも切なき　紀
無きにしもあらず嘘から実の恋　舟
　小兵なれども韋駄天疾走　紀
僧形となりて「源氏」の古文解く　紀
　得意の台詞出ず聴く河鹿　舟

「尻取」は何時誰が始められたのか不明であるが、たぶん一巻終えてからの遊びだったと思われる。

遊びとは言え、四季と月、花、恋の座は入れ、神祇釈経、時事句なども案配するから結構むつかしいし、前句の語尾二字を付句の語頭二字に持ってきて尚かつ一句として成立しリズムも調えなくてはならない。その意味で上記作品は成功していると自賛している。

「自賛してもよい」、と初学の頃に先達から教わった。共同制作だから良い付合になったということは、前句の作者、その前句を生んだ前々句の作者、ひいては流れを為した一座連衆を賞めることにな

自家製の氷菓に月の光ゲ混じり　紀
　時流に乗った通販の雄　舟
悠々と宇宙の旅に出る富豪　紀
　業の深きを父母は嘆きて　舟
起点より三合目まで花の途(みち)　紀
　道の記を手に春の果て追ふ　舟
逢坂に偲しのぶ忘れ霜　紀
　耳目騒がす日々も過ぎ往き　舟
裄丈の短かき母の形見着て　紀
　来て来てと呼ぶ児らの発見　執筆

令和三年十二月二十三日首
令和四年一月十四日　尾
於　文音

るわけ、連句でしかできない。

「幸木」は殆ど知られていない季語と思う。私も大歳時記でカラー写真を見るまでどんなものか知らなかった。新年用の食物を吊るす横木、または門松と共に飾る割木を謂う。太い横木に吊るした鰤や鯛、昆布、若布、大根、人参などのカラー写真、門松の周りに組んだ割木と二枚の写真が載っていてありがたい。冷蔵・冷凍庫の普及した現代では消えてゆく風習であり季語も絶滅するであろう。

忘れられてゆく民俗が大歳時記にはとどめられている。（真紀）

路地裏に月見の顔の揃ひけり　鵠舟
　芒頒け合ふ向う三軒　真紀
猫の客草の実つけて通ひ来て　舟
　不在の部屋のピアノ鳴りだす　紀

ウ
捉はれしゲーム世界は世紀末　舟
　夢に現つにバーチャルな恋　紀
待合せ件の店は閉ぢたまま　舟
　雑多な匂ひ薄れたる町　紀
守りたき嬰の如くに寒牡丹　舟
　雀の音符ならぶ雪吊り　紀

外出すれば必ず書店を覗く。家人も皆そうでそれぞれの趣味の本を買ってくるため、どの部屋にも本が溢れている。二束三文で古本屋に売ったり、同好の友に頒けたり、資源ゴミに出したりして減らそうと努めているのに、書店の棚に猫の表紙の本があるとつい購入してしまう。平出隆著（河出文庫）『猫の客』も、フジタのカバー絵に魅せられて買ったのだが、これがすばらしく静謐で美しい小説であった。海外二十ヶ国以上に訳出されフランスではベストセラーになったという。偶然平出氏は鵠舟さんと学部は違うが大学の同

ナオ

飾馬戞々玉砂利蹴散らして　紀

駅で始まる即興の劇　舟

遠き日の「天井桟敷」なつかしむ　紀

エトランゼから届く風信　舟

焼け落ちし聖堂照らす夏至の月　紀

梅焼酎に軽く酔ふかな　舟

ナウ

悪漢に無垢の時代のありしこと　紀

春の渚を若き浦島　舟

天降（あまも）りきて舞ふ佐保姫の花衣　紀

胡蝶やすらふ歌の碑　舟

令和三年九月二十一日　首
令和三年十月九日　尾
於　文音

窓でもちろん読んでいるとのこと。

昭和の下町の情景で始まったこの一巻、コロナ禍でなじみの店が休業したり町の匂いが薄れたりと閉塞感のなか、天井桟敷の映画や寺山修司の奇才をなつかしみ、二〇一九年、ノートルダム寺院の炎上の衝撃に思いを寄せたりしている。首里城も炎上の記憶にあたらしく、歴史のいわば証人（?）である文化財が失われることにいつも心が痛む。

どちらも再建が進められているが、それは災禍を蒙むったことの証明でもある。（紀）

二〇二二年

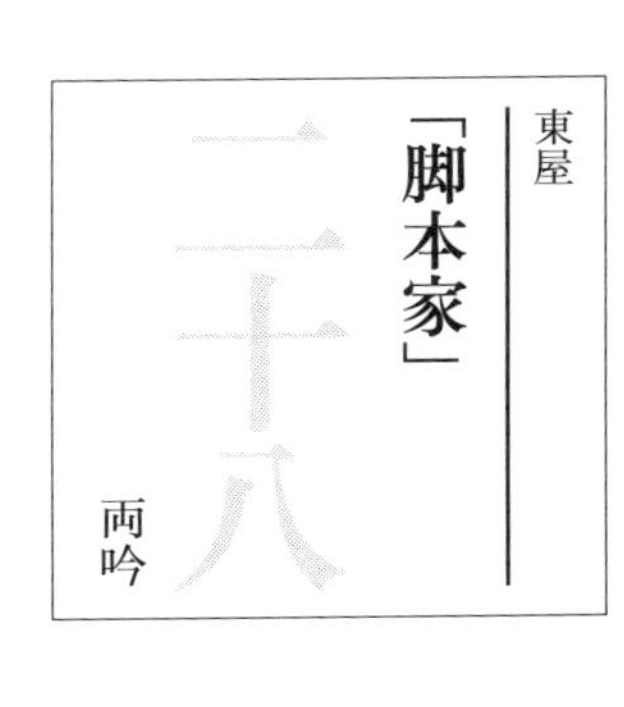

東屋「脚本家」両吟

チーズ撒く脚本家ゐて寒烏* 鵠舟
異界へ通ふ雪のトンネル 真紀
赤々と榾火絶やさず客待ちて 舟
下戸と上戸でなぜか仲良く 紀

ウ

出航す有明月の残る間に 舟
島隠れゆく朝霧の舟 紀
窓に佇つ王妃の愁ひ蔦もみじ 舟
丘の麓にリベルテの旗 紀
手風琴旅の楽師は親子連れ 舟
野良猫ボスとピザを頒け合ふ 紀

ナオ

地震ふるふ元湿原の上の都市 紀
午睡の夢の記憶ほのかに 舟

キネマ旬報「山田太一追悼号」を開きながら、山田太一、早坂暁は脚本家という括りだけではおさまらず、小説もエッセイも素晴らしい書き手であったと思った。

山田太一編になるアンソロジー、「生きるかなしみ」、「不思議な世界」（いずれも、ちくま文庫）を読むと、もし山田が連句の座に入り、捌きをしたら、どんな巻を編むのか、想像したくなる。「生きるかなしみ」の収録作品は、吉野弘の詩「或る朝の」で始まり、「覚悟を決める／最後の修業」、「めがねの悲しみ」、「二度と人間には生まれたくない」などと題名を挙げるだけで、独自の映像が結ばれる気がする。

昼の月軽羅をまとふひとひとり　紀
五葉見立ての「髪梳き」に惚れ**　舟
古地図持ちゆっくり登る夏目坂　紀
厠半ばに辞せる招待　舟
反骨のつひに財なく家建てず　紀
燕来る日の父の俤　舟
花ふぶく邑の鎮守の檜皮葺　紀
弥生山道かづら橋往く　執筆

＊　「夢千代日記」で知られる脚本家、早坂暁が、執筆時の逗留先、東武ホテル近くの渋谷公園通りでカラスに向かってチーズを放ってなつかせたという逸話より。

＊＊　橋口五葉、明治末大正に活躍した日本画、版画、装丁作者、漱石著作装丁で著名。

令和四年一月十八日　首
令和四年二月三日　尾
於　文音

脚本家は、映像の切り取り、場面転換、通底音となる印象的なシーンの処理等、俳諧（連句）に通じる場面構成に長けている。

この巻は、早坂暁がテレビの対談番組で述べていたエピソードに端を発した発句から、異界へと続くトンネルを抜け、古き家郷の島を立ち、リベルテの旗立つ西欧へ、更にアコーディオンの響きと共にメキシコシティと旅は続く。

しかし、それも一炊の夢かもしれず、幽かな昼の月のように、漱石所縁の坂を登る着物の女、その父への憧憬、村の鎮守様に降りかかる花吹雪、かづら橋の景へと転じ、終えている。

（舟）

いのちかな東都の真中初句会　鵠舟
氷柱のしづく掬みし硯海　真紀
万巻の父の蔵書を整理せむ　舟
森に向く窓はや黄昏るる　紀

ウ

苔の径歩みゆかしき月の客　舟
茸のパイとボジョレ・ヌーボー　紀
秋寂びてピアフ唄へる声微か　舟
語学教師の黒き眸よ　紀
色は匂へ恋の手妻の狂ふらん　舟
彼の世のひとと逢ふ夢幻能　紀

年が改まって初めての特別な気分を詠んだ発句に対して、真紀先生の脇句は、その厳粛さを「氷柱

ナオ

代々の城主の古墳草むして　紀

封ぢた記憶の扉はいつ開く　舟

月世界旅行のためのけふの汗　紀

願ひかなへて薬玉をわり　舟

鳩を飼ふ兄と猫飼ふ妹と　紀

噂の首長風見鶏とか　舟

人生は時たまハードボイルドに　紀

休耕田に陽炎の立つ　舟

友禅を川に晒せば花の降る　紀

春の苺を買ふ日曜日　執筆

（形式名「東屋」は源氏物語二十帖より）

令和五年一月十九日　首
令和五年二月四日　尾
於　文音

のしずく」という言葉で象徴、そして「硯海」という、時に静かな鈍色の海を表す言葉で、イメージを膨らませている。

次の「蔵書整理」の句は、真紀先生は、「黄昏」.の句を付けて、月の句を呼び出すと、今度は、「客」に付けて、秋の収穫、「茸パイとボージョレ」で、和風の風景を鮮やかにフランスの風景に転じ、ピアフの唄を引き出す場を描いてくれた。さらに、黒い眸の教師でピアフ世界から恋を呼び出し、見事な付句振で、以降もこの巻の展開を支えてくれた。（舟）

二十八宿

「前の世の尻尾」

両吟

この星に戦さの熄まぬ弥生尽　鵠舟
　束の間の夢海市崩るる　真紀
かにかくにひねもすうらら語らひて　舟
　微笑み交すコーヒーブレイク　紀
有明を癒しの月と思ひつつ　舟
　木槿一枝を飾る文机　紀

ウ

浮橋をわづか留めし秋出水　舟
　恋はそらごと式子（しょくし）斎院　紀
シェヘラザード千夜過ぎても命がけ　舟
　砂の柩に王は眠れる　紀
引っ越した謎の隣人顔見せず　舟
　波浪を越えて難民の舟　紀
地の不思議天のふしぎよ帰り花　舟
　西へ西へと星の入東風　紀

親しくしていた詩人で画廊主の小柳玲子さんが、あるとき先輩詩人（男性）に、「あなたのゼンセイは？」と訊かれ、「あ、蛙だと思います」と前世が蛙であった理由を滔々と述べたら、相手は目を白黒させて、「僕は前の姓を聞いたんだけど」と。前世と前姓！

同音異義語での笑い話はよくある。私は前世も後世も信じていないが、もしあるとしたらナマケモノだろうか。ネコが理想だけれどあんなに可愛い生き物だったともなれるとも思えないからナマケモノ。木にでれーんとぶらさがりながら、ヒトはなぜ殺し合うのか、愚かだなあ、なんて考えている。

ナオ

去年今年脱兎のごとき時の脚　紀

懸想文売り願ひ託され　舟

アペリチフ片手にチェスの駒すすめ　紀

烏賢くお相手をして　舟

古城址に詠唱（アリア）流るる千曲川　紀

夕焼け雲のグラデーション美（は）し　舟

羅（うすもの）の衣まとひて出でし月　紀

鉄道模型飽かず走らせ　舟

ナウ

新調の眼鏡に視界ひろがりて　紀

突如湧き立つ変身願望　舟

前の世の尻尾の跡を隠せずに　紀

門前町で買ふ銅矢立　舟

花咲けば旅唆かすそぞろ神　紀

桜エビ漁浜の賑はひ　執筆

令和四年四月六日　首
令和四年五月五日　尾
於　文音

なんて今の私そっくり。どんなに憂えても傍観者でいるしかないのであるから。

ウラ一句め、「浮橋」に式子斎院を付けたのは能曲「定家葛」の連想から。身分の違い、あまり風采の上がらぬ定家のことゆえ、片思いだったろうか。しかし、このすぐれた歌人の作品を読み比べてみると「詩心の通い合い」が感じられる。それをしも恋と呼ぶならば。

ナウの三、四句に「前」の字が並ぶが、「前の世」と「門前」は全く意味も状景も離れている。「全句同字去り」は現代の流行であって禁忌ではないので校合はしなかった。

（紀）

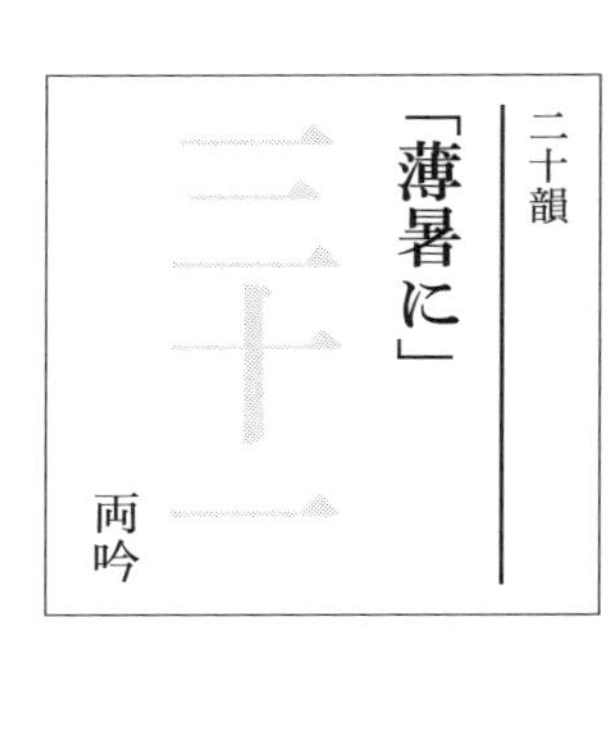

江戸名残り寄席消えんとす薄暑かな　鵠舟
　衣更してひらく末広　真紀
街騒を縫ふて水路の巡りゐて　舟
　鷗の休む舟の舫綱　紀

ウ
ヴィーナスに並び泛びし眉の月　舟
　ことしのワイン出来は如何にと　紀
ひと目惚れ初手からきまる負相撲　舟
　遠くへ行かうよ馬に乗らうよ　紀
磐座立つ古代伝説遺る島　舟
　岩海苔掻きの波に濡れつつ　紀

発句はコロナ禍がピークに達したが、一方で漸くワクチンの効果に期待が生れた頃の世相を反映、苦境にあえぐ寄席に薄暑の光が差すかも知れぬと、そこに脇句は衣更と寄席に縁のある末広と言う言葉で復活のイメージを高め、第三に綺麗に繋いでいる。

四句目は鷗を登場させ、和から西欧に情景を転じるきっかけを与

ナオ
春疾風ガジュマルの樹をゆるがせて　紀
　ダリ・時計告ぐ社燕の夢　舟
プラハには錬金術師住むといふ　紀
　尖塔の上天使遊べる　舟
月凍てて白磁の壺の淡き罅　紀
　寒声つかふ能楽の家　舟

ナウ
約束をひとつ忘れてゐるやうな　紀
　借りし本からパリの絵葉書　舟
散る花の川面に画きし喜遊曲　紀
　桑籠にねむる無垢のみどりご　執筆

令和四年五月二十五日　首
令和四年六月十二日　尾
於　文音

えた。また、ウラ四句でも恋人の会話から「遠く」「馬に」という語で、荒々しい自然の場へと誘い、そしてナオ折立句で精霊の宿るというガジュマルの樹により、ダリのシュールな世界、錬金術師、天使の幸ふ街を現出させた。

続く月の句では白磁の壺との相乗効果で、過剰な心象を収束させ、静謐へと戻る。

ナウ折立句は、「忘れてゐるような」というワードから記憶の不思議、コインシダンス、川に散る花と音楽、眠る無垢のみどりごの情景へと導いた。　（舟）

短歌行

「青きくちなは」

両吟

くちなはの青きを踏みし朝の土堤　鵠舟
　涼しくあれと渡る川風　真紀
寡黙なる隣家のあるじチェロ弾きて　舟
　スパイスの香に献立を知る　紀
待宵の酔ひにまかせて書く便り　舟
　一輪挿しに濃ゆき龍胆　紀
名も知らぬ児らベル鳴らすハロウィーン　舟
　バイバイばかりさよならはなく　紀
亜米利加へ人生踊る地平線　舟
　たそがれてゆく聖林通り　紀
花婿は宇宙ロケット技師なりし　紀
　波濤越えゆく蝶に言伝て　舟

ナオ

やはらかに山笑ひ初む大八洲（おおやしま）　紀

「絶景かな」と春の五右衛門　舟

ひそかにもこころ偸（ぬす）みしひとは誰ぞ　紀

過ぎに過ぐ世に恋のわりなき　舟

保護犬の眸は奈落を見しごとく　紀

あんこう鍋のあらをふるまふ　舟

尉と姥ねむる小家に寒月光　紀

方士の夢はうたかたと消え　舟

ナウ

結跏趺坐海馬ゆらりと泳ぎだす　紀

竹林の奥とほき街騒　舟

撰集の沙汰のとどきし花の庵　舟

けふを言祝ぐ谷のうぐひす　紀

令和四年七月二十三日　首
令和四年八月十五日　尾
於　文音

夏の朝、未だ暑くない時間、住んでいる地の利を活かし、静かな荒川土手のサイクリング道を走ることを楽しんでいる。

そしてある日、道を横切る蛇に気づかず走らせていた自転車が蛇を踏んだ瞬間に感じた不思議な感覚、それは日常に突如非日常が侵入するような感じだった。

この巻は、そんな情景を詠んだ発句から、日常を飛び出し、谷譲次の「踊る地平線」のアメリカ、世の不条理、方士の夢へと旅立ち、歌の世界に戻るという展開になった。

（舟）

町衆の屛風華やか宵飾り　鵜舟
　むかしを今に招く絵扇　真紀
初孫の名前選びはねんごろに　舟
　十指十趾の爪の小ささよ　紀
正装のカウスに光る銀の月　舟
　詩集上梓の宴に菊酒　紀

ウ

泣き熄まぬをんなのありて夜半の秋　舟
　烏羽玉の髪ばっさりと切る　紀
江戸の犬（ぽち）お伊勢参りをこころざし　舟
　後を踉ければ関所抜け道　紀
摩天楼眼下賑はふ花の雲　舟
　春の女神の島へ漕ぎゆく　紀

江戸時代が終わって約百六十年、百歳以上の方が増えていることを考えれば二、三世代前、けっして古い昔ではないけれど、習俗は大きく変わった。

例えば、今の東京の祭りは、神輿中心だが、神田明神祭、山王祭などは四十、五十台もの壮麗な山車が江戸城門を越えて、将軍の上覧に供された。

山車は明治期の近代化で、電線、路面電車の架線の邪魔とされ、多くは廃棄あるいは地方に散逸した。（千葉鴨川の諏訪祭、栃木のとちぎ祭等で今も見ることができる。）

ナオ
ひねもすを羊の毛刈る男にて　紀
　客なき店で今日も留守番　舟
午さがり「奇妙な果実」洩るる窓　紀
　ローカルFMアナは旧友　舟
月凍ててセーヌ左岸の鎮もれる　紀
　硝子の塔の苑に二度咲き　舟
ナウ
きのふより少年の背のまた伸びて　紀
　飛べば届くかバスケットゴール　舟
験かつぎして左から靴を穿き　紀
　思い立ったが吉日の朝　舟
瓔珞の雫ほとほと花の雨　紀
　大河煙れり流れのどかに　舟

令和四年七月二十三日　首
令和四年九月九日　尾
於　文音

町衆の豪奢を偲ぶ宵飾りや絵扇の登場する発句、脇で始まったこの巻は、それでもまだ残る「お七夜」のような習俗や象嵌の銀の月、菊酒が江戸の昔へと導き、恋に破れた女の断髪、実際史実にあったという犬の「お伊勢参り」へ、関所抜けへと繋がっていった。

しかし、ウ五で一転、摩天楼下の桜、自由の女神像すら連想させる島、ジャズの流れる街、ラジオを起点にパリへ、ルーブルの硝子のピラミッドへ。そして少年の旅立ちを祝すかのように、揺れる瓔珞の煌めきのような花の雨が大河の流れる街に降る。（舟）

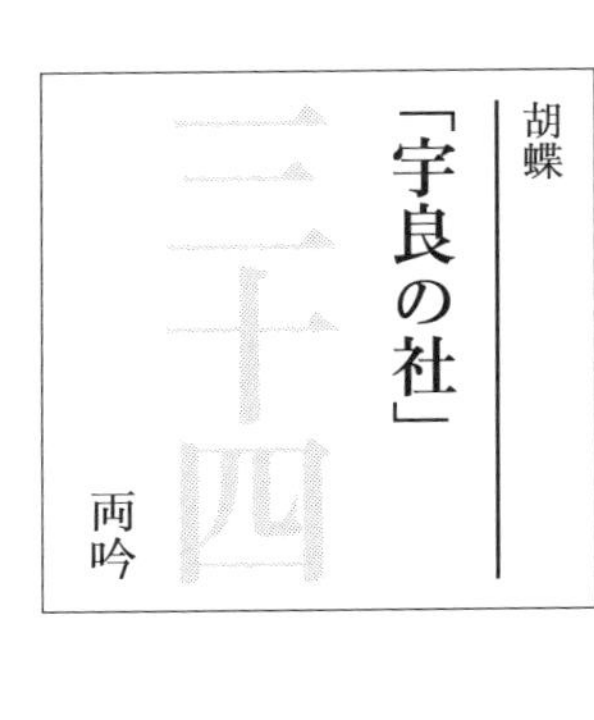

秋麗（うらら）宇良の社（やしろ）に玉手箱* 鵠舟
　初潮満ちてはこぶ伝説 真紀
アラベスク新刊表紙に月を吊り 舟
　カフェの窓の猫に挨拶 紀
坂の町段々あそびはしゃぐ子ら 舟
　ハモニカを吹くたそがれどきに 紀
太鼓焼一平漫游ひも解きて 舟
　歌詠む妻（ナカ）にホットワインを 紀
雨の巴里ふたりの息の白きこと 舟
　並んで待ってフジタ回顧展 紀
物語るロイド眼鏡の奥の眸よ 舟
　桃源郷を探す地球儀 紀
メナム川ビル下に浮かぶ龍の舟 舟
　番茄（トマト）はいかが西瓜はいかが 紀

京都に用事のある家人に便乗し旅した折、家人の用事の間、私はかねて興味のあった奥丹後半島の伊根まで一人で行ってみた。

駅から貸切りのタクシーの運転手の勧めるまま、雪舟が「天橋立図」に描いた成相寺、伊根の舟屋を陸から、舟で海から眺めた帰り道、日本書紀所収の最古の浦嶋伝説のある宇良神社を訪ねた。

近くには浦嶋太郎が通ったという伝承の龍穴等もあった。大正初期までは捕鯨の歴史もある伊根湾地域、舟屋が他地域にはない程ぎっしり連ね、豊かな海を前に、海と人々が舟を通じて一体化している地域ならではの伝説と感じた。

染めたるは月のしづくか佛桑華　紀
仮寝の宿は古き僧坊　舟
怪しき荷迎賓館の裏門に　紀
日記始は今朝の夢から　舟
西ひがし雑煮の餅も丸・四角　紀

ウラ

売り声徹る噺家の芸　舟
韻律と音数律のふるさとよ　紀
蜂はダンスで群れに合図す　舟
ゆくりなく雲の遊行す花の島　紀
丹精の庭頬白の客　舟

＊浦嶋太郎伝説の発祥の地とも云われる京都府伊根町の浦嶋（宇良）神社。「浦嶋明神縁起絵巻」、「玉手箱（室町時代作成の「亀甲紋櫛笥」が寺宝。

令和四年十月二日　首
令和四年十月二十五日　尾
於　文音

この巻は、宇良の社、伝説に始まり、若者のUターン、若き移住者の登場等で、活気付きつつある町の光景をオモテで、そして、ナカでは、岡本一平の漫遊漫文と称する画文のイメージから、岡本かの子と二人で暮らしたパリ、藤田嗣治、地球儀と世界に連想を広げた。

岡本一平は、魯山人が書家として青年時代門弟となった岡本可亭の子弟として、また岡本かの子の夫として知ったが、その後、神保町の古本屋で「岡本一平全集」の端本を何度か買って、その個性溢れる画文のスタイルに驚き、魅惑された。一平、かの子、太郎、それぞれ異なる個性の岡本家の多彩な藝術活動には感嘆する。（舟）

二〇二三・四年

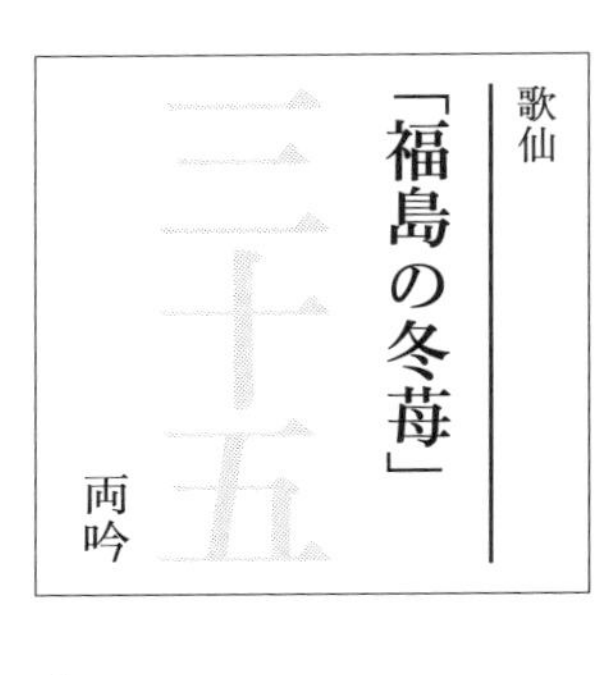

歌仙

「福島の冬苺」

両吟

あかねさす福島の地の冬苺　鶺舟
　朝の狭庭辺しろがねの霜　真紀
竹刀(しなひ)打つ稽古場の声弾みゐて　舟
　走る少年細きくるぶし　紀
それぞれの旅立ちの季月(とき)おぼろ　舟
　燕巣造る軒の幸はひ　紀
ウ
土筆摘み小川堤にちらほらと　舟
　盆栽職人帰化したといふ　紀
ジャパネスクたまの休みは寺巡り　舟
　浮世のことはみんな夢なの　紀
飛魚の如き娘を追ひかけて　舟
　サン・テクジュペリ行方知れずも　紀
「無言歌」の詩篇ひもとく宵の秋*　舟
　石榴ぱっくり裂きし月光　紀
猪道を疾く横切りし黒き影　舟
　失せ物出でずとありし御神籤　紀
花形と囃され「芝浜」ねんごろに　舟
　プレミアチケット入手しました　紀
ナオ
鍵穴を呵々大笑の声抜けて　紀

娘の一人が医者として働き、嫁いでいる福島の地を時々訪ねている。裏磐梯では、東京生まれの従兄の家族が移住、ペンションを永く経営しており、そちらも豊かな食材を美味しく調理した料理と温泉を目当てに時折り訪ねている。福島に光をという気持ちは年々深まっている。

娘夫婦が相馬、南相馬の病院にそれぞれ勤務していた頃、「相馬の馬追祭」を見て、馬追自体の祝祭性にも感心した。様々な幟が翻り、馬追の躍動感が増した。

ところで、その時、不意にかって先輩に勧められて読んだ小冊子『日本の弓術』*というドイツ人学者ヘリゲルが弓道の達人の阿波研造氏に師事、日本の弓術を学び、帰国に際しては、弓道五段の免状

ファド流るるリスボンの宿　舟
その街に磁極あるごと君棲めば　紀
熱きひとこと凍蝶を融く　舟
まぼろしの武士駆ける恋ヶ窪　紀
午後の紅茶にはけの湧き水　舟
点滴の終はれば牡丹ひらきたる　紀
避暑地離れて戻る日常　舟
ロボットニ休暇ハ必要アリマセン　紀
アトムの子よと我等呼ばれて　舟
新月の木星連れて夕空に　紀
光りさざめく破れ蓮の池　舟

ナウ
にごり酒唐桟の父在りしこと　紀
ひとりごと言ふ癖を受け継ぎ　舟
船簞笥海の響きを抽斗に　紀
贔屓の力士躍進春場所　舟
散る花を袖に添へたる花衣　紀
東都の蛙楼(たかどの)に啼く＊＊　舟

＊　十九世紀英国の詩人、アーネスト・ダウスンの「詩集」の巻末を飾る詩。
＊＊　銀座の雑居ビルの屋上には神社もあれば、雨水の壺もあり、蛙も棲む。

令和四年十一月二十四日首
令和五年一月十六日　尾
於　文音

が許されるまでを述べた講演内容が訳された本の事を思い出した。

日本の弓術について、阿波師範の説く、弓を射ることは矢を的に中(あ)てるというスポーツ的な能力ではない、「それとは別の、純粋に精神的な鍛錬に起原がもとめられ、精神的な的中に目的が存する能力、したがって射手は実は自分自身を的にし、かつその際おそらく自分自身をに射中(あ)てるに至るような能力」という奥義を理解するために苦闘し、最後に会得したドイツ人の姿を、相馬野馬追祭ハイライト、騎馬武者の行う神旗争奪戦の中で思い出した。（舟）

＊「日本の弓術」岩波文庫　オイゲン・ヘリゲル述　柴田治三郎訳

半歌仙

「二月かな」

両吟

令和五年三月三日　首
令和五年三月二十四日　尾
於　文音

賑はひも訣れもありし二月かな　鵠舟
はやちさき芽ののぞく末黒野（まぐろの）　真紀
ひばり鳴く冠羽あること誇るかに　舟
アールグレイの匂ひたつ午後　紀
待宵に旋毛曲がりの通り雨　舟
秋の除目（じもく）にまたも外れて　紀

ウ

旧友の釣りし鱸（すずき）の活き造り　舟
ギムレットにはまだ早過ぎる　紀
遍歴の果てにみつけし恋の種　舟
藁婚式はひそかに祝ふ　紀
雪もよひ倶利伽羅峠ゆく猟師　紀
シロは犬でも抜け参りして　舟
口入れ屋用心棒はいかがかと　紀
消したつもりの本音露見す　舟
噴水の月あくがれて噴くやうな　紀
川伝ひ行く古跡探訪　舟
花咲いて池大雅の十便図　紀
ゆらり連れ舞ふ黄蝶白蝶　執筆

二月は母の亡くなった月。
久保田万太郎の句、
　人のよく死ぬ二月また来りけり
という気持ちも歳を重ね実感し始めている。
　しかし、二月はそんな気持ちだけに終わる時季でもない。譬えまだ寒さは残っていたとしても、梅が咲き、春の訪れを感じる月でもある。
　発句、脇句はそんな季節を詠み、巻が始まった。
「アールグレイの匂ひ立つ午後」から、炭太祇の
　春雨や昼間経よむおもひもの
という句を連想するのは奇矯かもしれないが、巻のように、待宵に珍しく雨があれば、待ち人の訪れはさらに遠のく、あるいは彼の仕事も上手くいかず、外出も億劫に

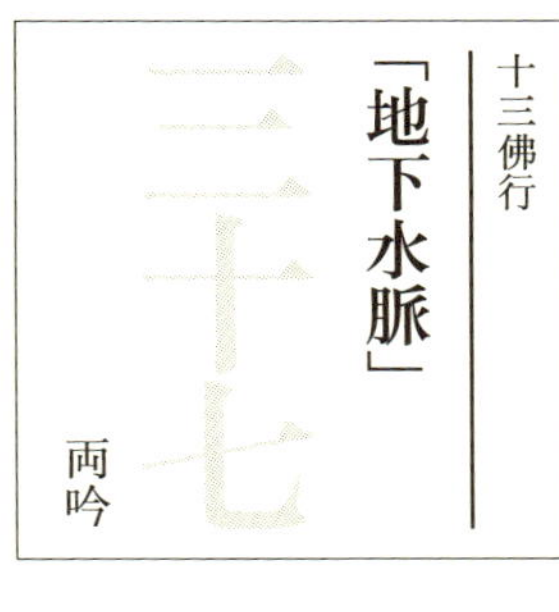

十三佛行

「地下水脈」

両吟

疾く走る千古の行や修二会僧　舟
　地下水脈のぬるむきさらぎ　紀
陽をあびるモビルアートを仰ぎ見て　舟
　円周率の永遠に飽く　紀
不意打ちのキス残り香のシャーベット　舟
　翼失くした肩のほそりよ　紀
湖上にて友と酌む酒銘「李白」　舟
　剪灯新話披く雨冷　紀
いざよへる月へと夜間飛行機は　紀
　未完のロマン消えた通信　舟
漁できぬ海底隆起地震（なゐ）の痕　紀
　雪ぐれの朝狗の遠吠え　舟
幾山河越えて茫々年の花　紀

令和六年三月三日　首
令和六年三月十五日　尾
於　文音

「十三佛行」　慈眼舎連句会奉行三好龍肝氏の創案による。奇数で終るのが珍しく興ある形式。

なっているかもしれないなどと巻とは別の妄想が進んでしまう。

太祇は私の好きな俳人で、元々は江戸の人ながら、宝暦四年頃、「妓楼桔梗屋の主人呑獅の招きに応じて島原廓内の不夜庵の主となる」* 洒脱な人、その盟友、与謝蕪村も又、萩原朔太郎の云う「浪漫的な青春性」に富んでいる。

蕪村は豪家・有田孫八に対する書簡で「只柳巷花街にのみうかうかと日を費候、壮年之輩と出合候が老を養ひ候術に候故、日々少年行、御察可被下候」と書く。

老が恋忘れんとすれば時雨かな

と詠む、蕪村らしさである。**（舟）

＊「日本古典文学大辞典第4巻」岩波書店
＊＊「蕪村書簡集」岩波文庫

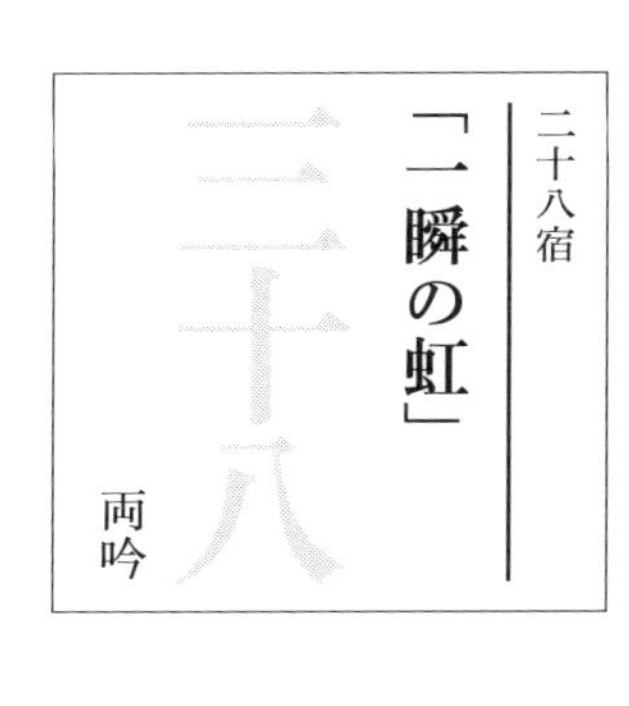

二十八宿

「一瞬の虹」

両吟

風のなか影の危ふき夏の蝶　鵠舟
　墳井くづるる一瞬の虹　真紀
鼓笛隊マーチ奏でて馬車道に　舟
　免税店は右に曲がって　紀
飾り窓蒔絵螺鈿に銀の月　舟
　泰西詩集灯火親しむ　紀

ウ

自家製の葡萄酒醸す古き友　舟
　恋を競ひし青き時代よ　紀
キャンバスを抱え束の間逃避行　舟
　異端者たるをむしろ誇りに　紀
鐘冴ゆる吉野の寺の樹洞(うろ)深く　舟
　はつかに匂ふ初花の婉　紀
つばくらめ縁(えにし)忘れず我が軒に　舟
　生を享けしは弥生朔日　紀

東京の公園は、昔の大名庭園の跡であるものが多い。例えば、六義園は柳沢吉保の邸宅跡である。元禄十四年九月十三日夜、そこでは「月の前の管弦」という題の歌会が行われ、

更(ふ)る夜の月にしらぶる糸竹の
　声や雲井に聞えあぐらん
　　　　　　　　（柳沢吉保）
糸竹の声ぞ雲井にすみのぼる
　つきの宮古の人もめでけん
　　　　　　　（法印・北村季吟）

この様を記録する吉保側室、正親町町子*は、「おなじさまの言葉にて、めづらしげなし」と断じ、ほかの人の句は記録しない。

このように、風景的に自然を愛でる日本の庭園に対し、西洋の庭園は建築的と加藤秀俊氏は「日常

ナオ

古書市に虎視眈々とせどりして　紀
神保町に増えたオフィス　舟
並びますスペイン料理のキッチンカー　紀
ビザ切れの女（ひと）追ふ五月闇　舟
出航す思ひ出だけを抱きしめて　紀
座敷蔵には船簞笥あり　舟
凍満月貧しき路地を荘厳す　紀
家族（うから）それぞれ囲むちり鍋　舟

ナウ

淋しさに果てはあらねど茶の点前　紀
戴冠式に叔母はくぎ付け　舟
ほろびたる歴代の王幾世紀　紀
かかる世に生く守り人のあり　舟
夢十夜終に結びし花の縁　舟
蝌蚪の紐泛く三四郎池　執筆

令和五年五月九日　首
令和五年六月七日　尾
於　文音

性の社会学」で述べる。

発句は、そんな西洋式庭園の似合う光景から始まり、泰西詩集、ワイン、友、絵、ピカソ、カラヴァッジョ思わせる画家の放浪に続き、やがて、吉野へとイメージがふくらみ、花の春に到る。

ナオの折立にある「古書市」には、個人的な思い入れがある。ある年の古書市、トラックの上に設えてあった棚に、当時私が熱心に読んでいた若手学者の私家版のような留学記を発見したのだ。本とはいつもそんな不思議な出会いがある。

連句との出会いや、真紀先生との出会いは、さらに不思議な巡り合いであると思っている。（舟）

＊「松蔭日記」（岩波文庫）

熱帯夜ブラックホールへ億光年　鵠舟
　いのちの限り鳴きつくす蟬　真紀
風狂のふたり「重伍」を試みて　舟
　創造力のあるやＡＩ　紀
猫の踏むピアノ鍵盤メロディに　舟

　背戸の小径に萩こぼれ散る　紀
待宵に酌むやとまらぬ下り酒　舟
　蚊帳の名残りの夢に立つひと　紀
現し世に出雲の神の今何処　舟
　巫女舞はやる安土桃山　紀

戯れに吹く恋風に身をまかせ　舟
　船に乗らうか、空を飛ばうか　紀

榎本其角創案に拠る。天和三年刊『虚栗』所収。其角の第一撰集で芭蕉の跋文がある。五月五日に巻いたもので其角の思いつきの遊びと思えるが、芭蕉はこれを許した。其角の型破りな才能と、芭蕉の懐の深さがいみじく表われている。五行五連、季の配分は自由。

上記の作品は、四季に新年を加えて五季とし、且つ各連にＧＯ音の語を入れるアレンジをしたもの。

このとき其角は弱冠二十三歳。芭蕉に入門したのは十四歳であったから、九年の修練を経ているとはいえ、瞠目されるデビューぶりではある。

父の医師良順のもとで本草学を

国境の凍土厳しく道とざし　舟
●冬の林檎を頒けあへる壕　紀
ゴーゴリもゴーリキーの名も忘られて　紀
　文房四宝の誰に益せむ　舟
麴町二丁目西洋骨董店　紀
　楪かざる窓に産声　舟
●福茶していや重け吉事望の月　紀
　護符の力で前途開けて　舟
クラス会、口重き友ひとりゐる　紀
　むかし紅顔いま法令線　舟
●累々と母系の裔の花衣　紀
　桜鯛待つ湊賑はふ　舟
揚雲雀牧場の朝のビバルディ　紀

令和五年七月十四日　首
令和五年八月二日　尾
於　文音

修め、大巓和尚に師事、儒学、易経、書画をたしなみ、伊勢物語を浄書して父の仕える本多の殿様に進上したりもしている。

　十五より酒を呑出てけふの月

という発句があるから俳諧と酒は同時進行であったらしい。
　赤穂浪士との縁は芝居でおなじみであるが殆どフィクション。弟子の森岡貞佐が大橋で春帆に出合ったと告げたことが書簡に出てくるが、それが大高源吾との例の名場面に創作されている。そのほか創られたエピソードの多い人で、闊達な自由人であったように思われる。（紀）

令和五年八月六日　首
令和五年八月二十二日　尾
於　文音

旅の空虹のかかりし一の滝　鵠舟
　古蹟めぐりて夏期休暇果つ　真紀
旋毛曲り露伴の愛でし木綿もの　舟
　墨痕淋漓と大き表札　紀
厄はらひ他人（ひと）の親切あたじけな　舟
　萩にかくれてあれは何の尾　紀
貝殻を十六夜の月清く染め　舟
　なぜかこの道秋のデジャビュ　紀
聞いたかと悪評流す恋敵き　舟
　恕してくれるおほらかな背（ナ）　紀
メデューサの冷たき髪に巻かれしか　紀
　長（をさ）の労（いたつ）き寒垢離の母　舟
懐かしきねんねんころり忘れめや　紀
　辻占の卦で怒り出す野暮　舟
のどけしと遊子気取りて丘越えつ　紀
　綱引きの神花の宍道湖　紀
吉兆に宴もたけなは船屋形　舟

「沓冠」は、俳諧大辞典によれば首尾、天地とも謂い、例句は割句のようであるが、連句では一句の語頭を右から左に、語尾を左から右に読み込むことになっている。

カフェで「まだやっていない形式に沓冠があるけれど」と話したら、鵠舟さんがすぐさま表題の芭蕉句を書かれた。難しそうだとは思ったのだがその場の勢いで始めることにした。「つ」「な」「き」が二個ずつある句は普通沓冠には向かないのである。にも拘わらず出来はまずまずというところ。

日本語だからこそできる形式だと思う。漢字、平仮名、片仮名が使えて楽しい言葉遊びである。

（紀）

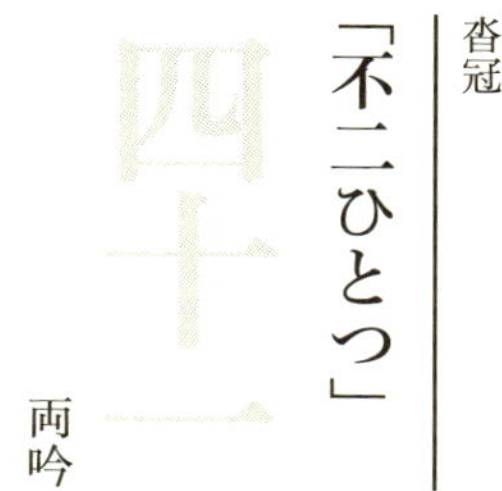

沓冠

「不二ひとつ」

両吟

令和六年七月五日　首
令和六年七月二十日　尾
於　文音

不二ひとつうづみのこして若葉哉　蕪村
　ジーンズ穿いて足の軽やか　鵠舟
ひたむきに学びし日々もありしかば　真紀
　渡仏の画家は未知数謳歌　舟
月皓々渚によせる波の皺　紀
　浦の苫屋は露しとどにて　舟
頭（づ）にとまるトンボを地蔵は冠（かむり）とし　紀
　身語り聞けばおどろきの過去　舟
ノートには昔の恋の忘れもの　紀
　心ゆるせる友と酒酌み　舟
市電マニヤ松山めぐる系統図　舟
　照降町で買ひし饅頭　紀
笑ひとれぬ新米落語家いまひとつ　舟
　神の領域わがものと鳩　紀
爆竹で南京街に出る初陽（はつひ）　舟
　影朧なるひとを忘れじ　紀
名所（などころ）の花を愛でんか蝶の舞ふ　舟

俳諧は定型詩なので文語体が混じるから、いわゆる旧仮名を使うことにしている。千有余年の歴史のある旧仮名に比べて、現代仮名遣いは八十年にも満たない。

若い人たちに連句を知って貰いたい、それには新仮名でなくてはという事情で古老の方も新仮名を推進されたようである。私は逆に若い人たちが古典に入る緒口になるかと思っている。連句で使う程度の旧仮名が読めなくては「枕草子」も「徒然草」も読めないではないか。古典は原文を反復して読むのが一番。現代語訳は、意味は判るけれど文学としての「香気」が失せてしまう。「読書百遍意自ら通ず」の格言は今も有効である。

（紀）

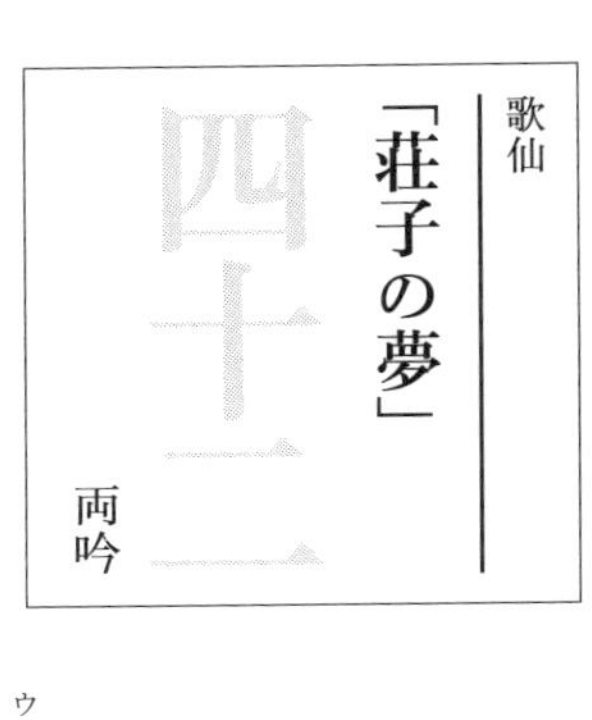

柳散る「閉店します」と貼る本屋　鵜舟
　だあれもゐない月読の庭　真紀
そぞろ寒む出で立つ友をはげまして　舟
　肩に水筒腰に胴乱　紀
新しき時代の使徒の生まれしか　舟
　初時雨してにじむ酒肆の灯　紀

ウ

自身番そっと招くや夜泣き蕎麦　舟
　芸の一つに江戸の売り声　紀
駒下駄の娘に雲水伏目あげ　舟
　アーカイブスを飽かずひねもす　紀
Ｆ１の群衆に降る夏の霜　舟
　沖の小島に虹の架橋す　紀
行きつけば猫が人より多い村　舟
　生き物それぞれ王国のあり　紀
無為自然荘子の夢は游々と　舟
　せつせつ洗ふ芹の瑞茎　紀
ゆゑありて山背に籠もる花の宿　舟
　トカトントンとさみしい春だよ　紀

最寄りの駅のすぐ前に、松本清張の命名という「松明堂書店」があり、よく似た面差しのご次男の方が経営されていた。品揃えがよく毎日のように通って拙著を置いて貰ったりもしたのだったが、亡くなられて閉店となった。私の住む小さな町も本屋のない町に。

街の書店の消滅はニュースにも出て知らぬ土地でも心淋しい。そんな発句に私は朔太郎の月と青猫を脇としたのだったが、ウラで猫の村が出たため取り換えた。

巻きあげてから全体を見直して式目を調えることを「校合」と謂う。（コウゴウと言っているが、正しくはキョウゴウである）

ナオ

抽斗に消ゴムばかり少年は　真紀
　カーロ*の自画像視線外らせず　鵠舟
どの家もクロゼットにはスケルトン　紀
　今は昔の種の行く末　舟
地唄舞おはんは二都を舞ひつなぎ　舟
　衣ずれひそと雪のきぬぎぬ　紀
橋潜り橋へ飛翔し百合鷗　紀
　船員倶楽部の粋なワッペン　舟
居場所なき流浪の民の絶えずして　紀
　劫火を避けて鎖す城門　舟
観月能シテの摺り足ゆかしくも　紀
　物の音は澄み横笛の鳴る　舟

ナウ

母の忌につづれさせとてこほろぎは　紀
　炮烙で煎る番茶（かんば）芳し　舟
こだはりはいつかほどけて風曜日　紀
　三宝柑の黄金（きん）を盛る籠　舟
産土の花を尋ねて踏みまよふ　紀
　小舟進めて春の瀬戸内　執筆

＊フリーダ・カーロ　メキシコの女流画家

令和五年九月二十日　首
令和五年十月二十六日　尾
於　文音

芭蕉の加わっている一座の巻と弟子たちのみの座の巻とでは、明らかに差があり、芭蕉の一直、校合のあっただろうことが推し測られる。芭蕉は「仕損じの巻多し」と正直に言っているし、式目について問われて「おほかたにてよろし」とも答えている。芭蕉は一座連衆と共に生きること、いわば自己の存在を、そして世界観を考えようとしていたと思う。

上記の作品は、それぞれの思いが溢れて時空を詰めこんだような趣きになった。一句ごとに説明すれば何百行にもなってしまいそうで解釈はあきらめた！

想像力を駆使して読んで頂ければ、と切に思う。　（紀）

短歌行

「カオスを蹴って」

両吟

原色のラテン系ゆく冬の街　鵜舟
カオスを蹴ってブーツ闊歩す　真紀
老舗カフェ自家焙煎の香りして　舟
砂の時計の秒零しつつ　紀

ウ

山住みの友の消息十七夜　舟
半人半獣紅葉かつ散る　紀
新走りふふみ杜氏ら誇らかに　舟
SPレコード雨のブルース　紀
焦れったい恋の迷路に惑ふ君　舟
女神ごきげんうるはしく笑み　紀
夢覚めて縁のほつれし花結び　舟
うぐひす餅を根来の皿に　紀

昔（何しろ九十歳ともなればなべての事が昔である）、ロサンゼルスに家族で行ったとき、人種の坩堝の街と思った。何の危険も不愉快もなく良いドライバーに当り毎日貸切で楽しく過したが、一番印象に残っているのはジャカランダの並木道。紫のけぶるような花の樹は初見で美しかった。

コロナ禍の世界的パンデミックが一応収束し、海外渡航がどの国も自由になり、今浅草や築地などは人種の坩堝化しているようである。そして服装も自由大胆で冬空の下の原色は街を活性化するようだ。人類皆地球人……。

芭蕉は「古人の跡を慕はず、古人の求めたる所を求めよ」と教えている。自身のエピゴーネンを造

ナオ

ゆりかごの赤児のわらふしゃぼん玉　紀

貝寄潮に集ふ魚嶋　舟

水底に戦艦大和朽ちつつも　紀

今に嘯く若者の唄　舟

その刹那たましひ中有に浮遊せし　紀

ひとり帰るはハブひそむ里　舟

芭蕉布を織る月光を経糸(たていと)に　紀

貿易風は世界拡げて　舟

ナウ

哀史かな王朝いくつほろびたる　紀

敦煌窟の佛彩(いろ)褪せ　舟

散る花の宙に音符を描くやうな　紀

ポコ、ア、ポコと跳ねる若駒　執筆

令和五年十一月二十一日　首
令和五年十二月二十五日　尾
於　文音

ろうとは微塵も考えていない。

其角は、許六や去来から蕉風に非ずと批難されたが、方向の是非は措くとして自分なりの道を求めた其角こそ真の蕉風と言えよう。

先師の跡を一歩も踏み出さないで師風を守るのは、美徳のようでいて実は師風を小さくするもの。

かの定家卿だって、あの清新さを達磨歌と批難されたし、西鶴は阿蘭陀西鶴と嗤われた。常識をはみ出さなければ進化や変革はないのである。

現代連句は如何にあるべきか、は芭蕉ほどの天才でない限り答えが見つからないであろうが、ともかく試行錯誤しつつ暗中模索してゆくほかないわたしたちである。

（紀）

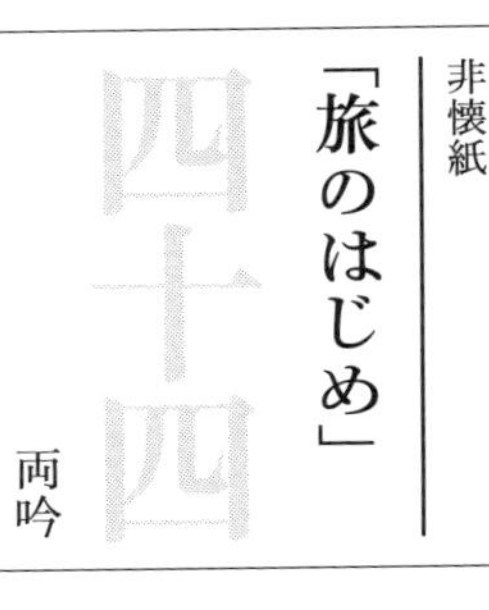

非懐紙

「旅のはじめ」

両吟

七日とて旅のはじめや宿の粥　鵠舟
　松納めしてふだん着の街　真紀
どこからかバンドネオンの響きして　舟
　金眼の猫に会ひしかはたれ　紀
惑星といざよふ月のすれ違ひ　舟
　振子時計の螺子のひややか　紀
骨董屋民具に埋もれ獺祭忌　舟
　志功刻みし京の恋歌*　紀
かにかくに熱い記憶の蘇り　舟
　尼僧となりし肩細うして　紀
山焼きの声も煙りも長く曳き　舟
　千年紀てふ薄墨の花　紀

一月に大坂今宮戎神社の献茶祭に行って来た。当日は表千家家元による献茶式奉仕を見学、神社参集殿の拝服席には、仙厓和尚の「七福神画賛」（出光美術館蔵）が掲げられ、画賛には、「七福を一福にして大福茶」と。

続けて、点心席の高麗橋吉兆、そして副茶席の北浜の「花外楼」に行くと、そこには、谷文晁の「恵比寿天」の掛物が飾られていた。なぜか、関西の街で迎える新年には風情がある。

発句は、京阪神で迎えた新年の事を詠んだ。同地では、脇句の「ふだん着の街」が良い景色となっている。そんな街では四句目の「金眼の猫」にも会えそうだ。

半島の罅(ひび)割れてゐる春憂ひ　紀
半鐘塔の折れて鳴らずに　舟
記憶なき翁に地酒まゐらせむ　紀
売茶の店の場所は自在に** 　舟
休日は飛ばすハーレー・ダヴィドソン　紀
とどかぬ想ひ夏茱萸の味　舟
月涼しお気に召すまま芝居小屋　紀
脇役人生台詞なきまま　舟
アルバトロス羽搏き渡る海は凪　紀

＊　「流離抄板畫巻」で吉井勇自選の短歌を棟方志功が板画にした。
＊＊　江戸時代「売茶翁」と呼ばれた黄檗宗僧の自由な生き方のこと。

令和六年一月十二日　首
令和六年二月八日　尾
於　文音

棟方志功の作品、「流離抄板画柵」には、倉敷の大原美術館で初めて出会った。それまで、大原美術館と言えば、グレコをはじめとした西洋絵画という先入観から、創設者大原總一郎と棟方との深い繋がりも知らなった私には意外な出合いであった。

意外と言えば、棟方と吉井勇の繋がりもまた私にとっては予想外のコラボレーションであった。

大原美術館の解説に拠れば、二人とも戦時中は富山県に疎開していたが、その間会うことはなかった。しかし、その関係性が作品の成立にも深くかかわっており、吉井勇は棟方のために快く歌を選んだという。

（舟）

四十五

七曜「河原鶸」両吟

日

日をあびて金色信濃の河原鶸　鵠舟
　みすずかるてふ古語のかぎろふ　真紀
春の宿素人バンドも興ありて　舟
　可杯（べいさかづき）に満たす吟醸　紀

月

異邦からプラントハンター集ふ郷　舟
　文殊の知恵か品種改良　紀
月の舟頭上ゆるりと離湖渉る　舟
サックスを吹く少年に露　紀

火

曼殊沙華野原いちめん火事となり　紀
　折った頁に愛のメタファー　舟
王宮をひそかに抜けし三の姫　紀
　天衣無縫も齟齬は隠せず　舟

水

半夏生伏流水のすずやかに　紀

「七曜」は、私の度重なる挫折の中で見つかった。

挫折するのは本の整理である。減らすために区分けしながら、あ、あこの本なつかしい、この本もいちど詠みたいなどと一向に片付かない。中に、鈴木漠氏編の連句集『花神帖』があってつい開いていると「七曜」があった。全く忘れていたけれど、漠さんの七冊目の連句集を祝って、漠、小池正博、葦生はておの諸雅と巻いたもので何と創案は私になっている。二十年も昔のこと。面白いんじゃないかということで挑戦した一巻。

発句は信州旅行の嘱目吟。やはり実地の経験はリアルと思う。ただ困ったのは、発句に使われた言

紅旗掲げず蛍飛び交ふ　舟
史書はみな戦さの記録うたてきよ　紀
式神つかふかの陰陽師　舟

木

かにかくに恋の埋れ木顕れて　舟
奈落へ誘ふクリムトの美女　紀
最果ての岬に聞きし虎落笛　舟
クレーン伸ばしつかむ凍月　紀

金

晩餐のメニューは魚フライディ　舟
山葵・山椒東方の味　紀
貴種流離秘めたる謎の手毬唄　舟
贔屓のトリだ寄席開き待つ　紀

土

帯留は母の形見の土耳古石　紀
隣町には大祇句碑在り　舟
花吹雪くふらここ高く揺するたび　紀
ボートレースに岸の歓声　舟

令和六年四月十七日　首
令和六年五月二十日　尾
於　文音

葉は尊重して二度と出さない、という禁忌のあることで、金曜日の連に金の字が使えない。苦肉の策のフライディである。（全句同字去りは現代の流行で式目ではないけれど一応従っている）。

花の句、島原遊郭に住んでいた風狂人炭大祇の名が出たので、

ふらここの会釈
こぼるるや高みより

をすぐ思い出した。連句の付け筋は芭蕉の「匂ひ、移り、響き」や、支考の「七名八体」などあるが、即座即興のその場の気合で付けることが多いし、多少式目は侵しても一巻の興が増すように思われる。

（紀）

あとがき

私の俳諧（連句）と別所真紀先生との出会いを記し、あとがきとしたい。

1967年（昭和四十二年）

高校の先生に柳田國男「木綿以前の事」を読むように勧められ、読み始めると、まずその「自序」で、「女と俳諧、この二つは何の関係もないもののように、今まで考えられておりました。しかし、古くから日本に伝わっている文学の中で是ほど自由にまたさまざまの女性を、観察し描写し且つ同情したものは他にありません。」とあり、『『七部集』は三十何年来の私の愛読書であります。」と柳田は述べていて、その言葉通り、七部集及び俳諧を本文でも何回も引用している。しかし、私にとって、『芭蕉七部集』の本当の発見には至らなかった。

1970年（昭和四十五年）

季刊「すばる」（集英社刊）創刊により購読開始、そこに、安東次男の「芭蕉七部集評釈」が連載されていて、それなりに興味をもちましたが、同時に連載された梅原猛の「神々の流竄」、「隠された十字架」へと体系化される評論が面白く、芭蕉、七部集への興味を上回っていました。

１９７４年（昭和四十九年）

夏休み、中学、高校と同窓の友人と、当時の「ディスカバージャパン」のブームに煽られて出かけた金沢の犀川の畔で出会った芭蕉の句碑「あかあかと日はつれなくも秋の風」に印象付けられ、早速に金沢の書店で、岩波文庫『芭蕉俳句集』を改めて購入。一挙に、私の中で、芭蕉ブームが訪れ、芭蕉あるいは「奥の細道」関係の書籍を購入し始める。

２０００年（平成十二年）

おそらく毎日新聞あるいは他の新聞の書評欄を読んで、小説家、別所真紀子先生の「雪はことしも」を購入、とても感動した。

２００１年（平成十三年）

本の裏に完読した日が鉛筆で記してあり、八月十四日、六月三十日発行されたばかりの別所先生の『つらつら椿』を読み終えています。この時には、すでに、別所先生の本が書店に並べば購入するという、愛読者になっていました。しかしこの時までに出会ったのは小説家「別所真紀子」先生でした。その時は自分も本の参考文献にある『三田村鳶魚全集』２８巻も、更に『未刊随筆百種』（三田村鳶魚編）も刊行当初から備え、書架に在るのに、なぜ別所先生のように、素敵な文芸作品を果実として生み出せないのかと、見当違いにも身過ぎ世過ぎの銀行員稼業の自分を嘆きました。

２０１６年（平成二十八年）

銀行退職後務めた会社の元上司であった方の紹介で、サントリーホールにて開催された「夏の宵の第九コンサート」（2012年8月）参加を機会に入団した「銀座並木通り合唱団」には当時個性的な、人生の先輩たちが団員として居られて、その中の一人、鈴木美奈子さんと、なにかの拍子で俳諧（連句）の話となり、その著書『魚すいすい連句を泳ぐ』をいただき、有楽町で、月一回、美奈子さんを先生に「たかの会」と言う名称で、美奈子さんの親戚の方、私、私の親しい銀行入行同期の故・鎮目君とともに、連句会を行うことになりました。

その時まで、私は、安東次男さんの『芭蕉連句評釈』（上下）等は購入、よく理解できないまま、通読していましたが、連句がまだ現在も生きている文藝とは思わず、自分たちで歌仙を巻く経験に驚いてしまいました。美奈子さんに連句の初歩を新しい連衆とともに教わりながら、その年の第31回国文祭あいち2016にも参加することになりました。

2017年（平成二十九年）

美奈子さんの手配で、初めて、「解纜」の例会に参加し、いよいよ、著書を通じてしか存じ上げなかった別所先生に、小説を読んでから、ほぼ二十年経ち、初めて対面することができました。

ここに、初めて、詩人、俳諧誌「解纜」主宰の別所真紀先生にお会いできた事になりました。

そして、ただ、知識的に断片的かつ些少な知識しか持っていなかった俳諧（連句）について、生きた知識、経験、体系的な知識を得、実践する場を得ることができるようになりました。そして、実作なしに、この文藝、連句を理解できないことを理解しました。その時、真紀先生に本当に会えてよかった。

俳諧（連句）の俳句とは違い面白い点、尊敬する碩学、小西甚一が『俳句の世界』という本の中で述べているように、俳諧（連句）が「解釈や批評は享受者側からの参加なしに成立しないという」、受容美学を俳諧（連句）は表現として実現し、「連歌でも俳諧連歌でも、前句の作意は前句の作者が決めるけれど、付句の作者は、その作意を気にするに及ばない。むしろ、前句の作意を無視し、別の意味に転換することで新しい展開を試みる『とりなし』こそ、付句作者の手柄なのである」という点が面白い。まさに「切れながらどこかで結びつき、続きながらどこかで切れる連断的表現」という俳諧（連句）に魅力を感じます。

その後、真紀先生から、多くの実作の機会（解纜の例会時の指導、今回の両吟集に繋がるコロナ禍以降の文音等）を通じて、連句について、様々なことを教えていただくことになり、その連断的な表現に浸り、夢中になり、現在に到ります。

その過程で、生まれたこの両吟集に、何かしらの意義があると、読者の方に認められれば、嬉しく思います。

佐久間　鵠舟

二〇二四年　白秋

本書刊行に当っては、幻戯書房代表田尻勉氏に行き届いたご配慮を頂き、小村雪岱研究家の真田幸治氏に装幀の労をとって頂きました。心に深く御礼申し上げます。

真紀・鵠舟

真紀　まき（本名　別所真紀子）

一九三四年、島根県生まれ。詩人・作家。著書は、別所真紀子名で、詩集に『しなやかな日常』『アケボノ象は雪を見たか』『ねむりのかたち』『すばらしい雨』、詩句集に『風曜日』、評論集に『芭蕉にひらかれた俳諧の女性史』『言葉を手にした市井の女たち』、俳諧評論『共生の文学』（長谷川如是閑賞論文を含む）、『江戸おんな歳時記』（小社刊、読売文学賞）など。小説に、『雪はことしも』（歴史文学賞）『つらつら椿』（町田文化賞）『芭蕉経帷子』『残る蛍』『数ならぬ身とな思ひそ』『詩あきんど　其角』（小社刊）『浜藻崎陽歌仙帖』（小社刊）、童話に『まほうのりんごがとんできた』など。

鵠舟　こうしゅう（本名　佐久間幸秀）

一九五〇年、東京都生まれ。一九七四年一橋大学法学部卒。銀行に就職。国内支店、本部勤務を経て、海外勤務（バンコク、大連）、日系企業の海外投資活動等を支援、退職後は、上場企業、海外合弁企業、銀行系不動産会社を経て現在はエンジニアリング商社勤務、学術財団監事。二〇一七年に連句会「解纜」に参加、同会終息のため、現在「泉声の会」所属。「銀座並木通り合唱団・団員。」

両吟集 爛柯（らんか）

二〇二四年十二月十日　第一刷発行

著　者　別所　真紀
　　　　佐久間鵠舟

発行者　田尻　勉

発行所　幻戯書房
郵便番号一〇一 - 〇〇五二
東京都千代田区神田小川町三 - 十二
電　話　〇三 - 五二八三 - 三九三四
FAX　〇三 - 五二八三 - 三九三五
URL　http://www.genki-shobou.co.jp/

印刷・製本　中央精版印刷

定価はカバーの裏側に表示してあります。

ISBN978-4-86488-311-5 C0092

別所真紀子の好評既刊（税別）

江戸おんな歳時記

「男性上位の旧時代、こんなに多くの女性が、こんなに個性豊かな俳句を作ったとは」（高橋睦郎氏）。埋もれた江戸期の女性俳句を有名無名問わず全国から渉猟、四季別に精選し紹介する、画期的俳句案内。

読売文学賞（随筆・紀行賞）受賞

四六判／二三〇〇円

詩あきんど　其角

師の跡を慕わず、師の求めたるところを求めよ！——松尾芭蕉第一の門弟にして、洒脱で博覧強記の俳諧師・晋其角。江戸の世に言葉で身を立てた男の生涯を追い、その句を味わう、実在の人物や付合も多数登場の傑作評伝小説。

（カラー口絵二頁）

四六判上製／二四〇〇円

浜藻崎陽歌仙帖

江戸時代に諸国を行脚し、旅先で歌仙を巻いた実在の女俳諧師・五十嵐浜藻、そして彼女が史上初めて完成させた、すべて女性ばかりの付合（連句）集『八重山吹』。江戸期に比類のない同書の始まりの地・長崎（＝崎陽）を舞台に、大胆に描く長篇小説。

四六判上製／二四〇〇円